봄날에 만난
아름다운 캠퍼스

봄날에 만난 아름다운 캠퍼스

초판 1쇄 발행 2015년 8월 12일

지은이 목학수
펴낸이 강수걸
편집장 권경옥
펴낸곳 산지니
등록 2005년 2월 7일 제14-49호
주소 부산광역시 연제구 법원남로15번길 26 위너스빌딩 203호
전화 051-504-7070 | 팩스 051-507-7543
홈페이지 www.sanzinibook.com
전자우편 sanzini@sanzinibook.com
블로그 http://sanzinibook.tistory.com

ISBN 978-89-6545-312-3 03810

*이 도서의 국립중앙도서관 출판시도서목록(CIP)은 서지정보유통지원시스템
홈페이지(http://seoji.nl.go.kr)와 국가자료공동목록시스템(http://www.nl.go.
kr/kolisnet)에서 이용하실 수 있습니다.(CIP제어번호: CIP2015020297)

봄날에 만난 아름다운 캠퍼스

목학수 지음

산지니

2012년 3월부터 2013년 2월까지 미국 오하이오 대학교에서 연구년을 마치고 귀국했다. 미국에서 연구년을 하는 동안 버지니아텍 대학교, 웨스트버지니아 대학교, 오하이오 주립 대학교, 피츠버그 대학교, 카네기멜론 대학교, 미시간 대학교, 톨레도 대학교, 라이트 주립 대학교 등을 방문하면서, 여러 교수님들을 만나면서 듣고 보고 느꼈던 것들을 정리하여, 2013년 12월에 『미국대학의 힘』이란 제목으로 간단한 책을 발간했다.

이 책에서 현재의 미국이 있기 까지 미국 대학은 어떤 역할을 했으며, 미국 대학의 힘은 과연 어디서 나오는지 궁금하여, 미국 대학의 크고 작은 것들을 유심히 바라보았다. 신임 교수님을 모셔오는 과정과 교수님의 업적 평가 체계 및 새로운 교과 과정의 개설 절차 그리고 교양 교과목 위원회가 어떻게 구성되는가 등을 보면서 학과에 많은 자율권을 주고 있음을 보았다. 또한 미국 대학들은 좋은 학생들을 선발하기 위해 체계적으로 홍보를 하고, 입학 전 입학하고자 하는 학생에게 대학의 방문

기회를 주며, 학부모와 함께 대학을 방문하는 모습에서 대학은 많은 정성을 다하고 있었다. 학생들이 대학 생활을 하는 데 불편하지 않고, 안전한 대학 생활이 될 수 있게 해주는 여러 가지 시스템을 갖추고 있는 모습들이 보기에 좋았다. 이와 함께 대학이 학생들에게 대학의 전통이 무엇인지를 알려주려는 노력을 함께 볼 수 있었다. 대학의 캠퍼스들도 그들만의 특성이 깃든 모습으로 그들만의 멋으로 잘 가꾸어져 있었다.

2014년 여름에는 필자가 공학박사학위를 위해 유학 시간을 보냈던 독일 대학과 몇몇 도시를 방문하며, 독일의 힘은 과연 어디에서 나올까라는 화두를 가지고, 독일의 발전에 기여한 독일 대학의 역할에 대해서도 생각할 기회를 가졌다. 이를 바탕으로 『공학자가 바라본 독일대학과 문화』를 발간했다.

미국과 독일의 대학들에서 받았던 여러 가지 느낌과 부산대학교를 바라보는 느낌을 비교하기 위해서, 필자가 몸 담고 있는 대학을 다시 돌아보는 기회를 가졌다.

장전동 캠퍼스는 좁은 느낌이 들었고, 교내 도로가 협소한 것을 느꼈으며, 학생들이 쉴 만한 공간이 부족한 것도 느꼈다. 대학 캠퍼스에 꽉 차 있는 콘크리이트 일색의 대학 건물들은 미국 대학의 것과 비교하면 낡은 느낌이 들었으며, 교수님들의 연구실도 어딘지 모르게 부족한 느낌이 들었다. 학생들을 지원해주는 교육 및 연구시설이나 교수님들을 위한 편의 시설들도 부족하다는 것을 느낄 수 있었다.

그러나 비가 온 뒤 햇볕이 내리쬐는 봄날 아침에 부산대학교의 장전동 캠퍼스는 빛이 날 정도로 아름다웠다. 대학 입구에서 푸른 빛을 선사하고 있는 대나무 숲과 하늘을 배경으로 서 있는 무지개문, 그리고 인문관의 둥근 모습은 멋지다. 또한 문창대를 오르는 오솔길에 핀 진달래꽃과 중앙도서관 밑 언덕에 핀 붉은 철쭉꽃, 예술대 부근에 핀 짙붉은 철쭉꽃, 봄날이라 곳곳에 피어 있는 목련꽃들이 부산대를 밝게 빛을 더하고 있었다. 미리내 골짜기를 받치고 있는 소나무들, 건설관을 따라 서 있는 소나무들, 경암체육관을 싸고 있는 소나무들은 인덕관 옆에서 있는 향나무들, 박물관 뒤편에 우거진 숲과 함께 부산대학교를 빛내주는 최고의 자랑이다.

장전동에 있는 부산대학교는 금정산 자락에 세워진 우리나라 최초의 민립 대학이며, 윤인구 초대 총장의 건학정신이 서려 있는 대학이다. 이러한 건학정신이 무지개문과 인문관에 녹아들어갔다. 구정문에서 바라본 독수리탑은 하늘로 높이 솟아오르는 모습을 보여주고 있으며, 새로운 세대를 준비하기 위해 날아오르려는 독수리의 기상을 느낄 수 있었다.

비록 부산대학교에는 부족한 것이 많을 수 있지만, 부족한 것을 채우려는 노력이 필요한 시점인 것 같다. 학생들에게는 품은 뜻을 펼 수 있도록 해주는, 그리고 새로운 세대에 맞는 교육제도와 교과과정에 대한 준비가 이루어져야 하며, 이를 위한 지원 체계들을 갖추는데 최선을 다해야 할 것이다.

여러 해 봄날에 캠퍼스 곳곳을 돌아보았다. 봄을 알리는 아름다운 꽃들이 곳곳에 피어 있었고, 대학 내 건물과 함께 조화롭게 보이는 곳이 있었으며, 큰 바위들과 키가 큰 소나무가 조화를 이루고 있는 곳도 있었다.

우리들의 부산대학교와 미국의 대학, 독일대학들을 함께 생각하며, 이런 아름다운 대학이 세계로 뻗어 가는 데 무엇이 필요한지를 생각해 보았다. 대학의 기상과 금정산에서 전해져 내려오는 강한 기운을 느끼며, 대학이 다시 크게 일어서고자 하는 의지가 가장 중요한 것이 아닐까? 새로운 진리를 찾기 위해 끝없이 노력하는 교수님들에게 힘을 줄 수 있는 대학이 되어야 할 것이다. 이렇게 되어, 학생들이 사랑하는 대학, 학생들의 마음속에 오랫동안 남아 있을 수 있는 대학, 다시 와서 보고 싶은 대학이 될 수 있어야 한다고 느꼈다.

장전동 캠퍼스보다 아름다운 캠퍼스를 찾기는 쉽지 않을지 모른다. 자연이 주는 아름다움과 우리들의 정성으로 가꾸어지는 아름다움 속에서 대학 생활을 하는 학생들이 자랑스럽게 생각할 수 있는 대학이 될 수 있게 해야 한다. 그런 마음에서 부족하지만 『봄날에 만난 아름다운 캠퍼스』라는 포토 에세이를 남기게 되었다.

차 례

봄날에 만난

죽순

        부산대학교 구정문을 지나 무지개문에 닿기 전 오른쪽 편에는 대나무 밭이 있다. 언제부터 이곳에 대나무가 자랐는지는 알 수 없지만, 봄이 되면 대나무 잎에 물이 올라 푸른빛을 우리에게 선사한다. 2013년 5월 초순 어느 날 비가 내렸다. 사진 속에서 보듯이 대나무의 새싹인 죽순이 힘차게 솟아올랐다. 한두 개가 아니다. 이곳저곳 여러 곳에서 힘차게 솟아나고 있는 죽순을 본다.

죽순의 끝 부분에는 부채살 모양으로 삐쭉삐쭉 가늘게 나온 잎들이 여럿 있다. 죽순의 몸통을 싸고 있는 넓은 잎은 고동색을 띠고 있다. 이 잎은 죽순이 어느 정도 자라면, 껍질 벗겨지듯이 떨어진다. 한 잎 한 잎 크게 떨어진다. 새로 태어난 죽순 몸통의 색은 맑은 연두색이다. 어린 느낌이 난다. 큰 대나무로 자랄 죽순은 몸통이 크다. 죽순의 크기만 보아도 앞으로 키가 얼마나 클 것인지 알 수 있다.

대와 죽순은 시와 그림, 글의 중요한 소재로 인간의 사상과 정서를 표현하는 대상이었고, '비복비초'라 하여 나무도 아니고 풀도 아닌 것이라고도 하였다. 봄날 비 온 뒤 대나무 밭이 비좁아 들어

갈 수는 없어도, 길가에서 볼 수 있는 죽순도 많아 죽순을 보는 데에는 어려움이 없다. 하루가 다르게 쑥쑥 자라는 죽순이 신기할 따름이다. 대학의 캠퍼스는 학생들에게 꿈을 키워주는 역할을 해야 한다. 죽순이 자라는 속도는 정말 빠르다. 며칠 만에 죽순은 대나무로 자라는 것 같다. 학생들의 꿈도 죽순이 자라는 것과 같이, 휨 없이 계획한 대로 곧게 잘 이루어지길 바라본다.

대학의 분위기가 예전과 같지 않아 대학 구성원들이 갖고 있는 자긍심이 낮아진 이때, 옆을 보지 않고 오로지 희망을 따라 나아가는 죽순과 같이, 대학의 구성원들이 하늘로 뻗어가는 대나무의 힘을 가지기를 기대해 본다. 비 온 뒤에 죽순이 자라는 속도보다는 낮더라도, 그리고 순간적으로 한꺼번에 목표치에 도달하지 않더라도, 앞으로 나아가면 반드시 희망을 이룰 수 있다는 것을 보여줄 수 있으면 좋겠다.

대학 내 건축물과 조경이 잘 어우러져 대학에서 생활하는 모든 학생들과 교직원들에게 정신적인 안정을 줄 수 있다면 좋겠다. 대학 캠퍼스로 들어오는 입구에 대나무 밭이 있어 좋고, 이런 봄날 아침에 힘차게 솟아오르고 있는 죽순을 보는 것이 즐거움이며, 이 대학에 근무하는 한 사람으로서 기분 좋은 일이다. 달과 구름 사이의 거울이 되고, 바람은 대나무 숲의 거문고가 된다(月作雲間鏡風爲竹裏琴)는 글귀가 문득 생각났다. 대나무잎이 바람에 흩날리는 소리가 긴 여운을 남기는 오후였다.

봄날에 만난

문창대 오르는 길의
진달래꽃

　　　　　문창대 오르는 계단 옆에 봄을 알리는 진달래
가 피었다. 분홍색 꽃잎이 불어오는 봄바람에 하늘하늘 춤을
춘다. 키가 큰 소나무 밑에 소리 없이 서 있는 모습이 좋다. 지
난가을부터 쌓였던 낙엽 속에 서 있는 진달래는 이렇게 분홍빛
꽃잎을 우리들에게 선사하기 위해 매우 추웠던 지난겨울을 잘
견뎠다.

문창대를 오르는 길은 알이 굵은 모래와 흙이 섞여 있는 길이
기에 먼지가 난다. 며칠 전에 비가 약간 왔지만, 지면은 말랐다.
바위에 붙어 있는 이끼도 봄을 느꼈는지 파릇하고, 이름 모를
나뭇가지에서는 연두색의 어린 나뭇잎이 얼굴을 내민다.

문창대 오르는 길에서 만난 이른 봄의 진달래꽃이 무척이나 반
갑다. 우리나라 어디서든지 봄날에 볼 수 있는 진달래꽃은 언
제 보아도 친숙한 느낌이다. 어릴 적에 창녕 화왕산에서 진달
래꽃을 채취하러 산을 돌아다녔던 기억이 난다. 봄에는 정말
많은 진달래꽃이 핀다. 동네 친구들과 어울려 진달래꽃 가득
담은 자루를 메고 산을 내려오곤 했다. 진달래꽃으로 온 산이
분홍빛을 띠고 있었다. 진달래꽃은 그냥 먹기도 하고 아이들

기침에 좋다고 하여 효소로 만들어서 나에게 먹이기도 하셨던 어머니를 닮은 고마운 꽃이다.

부산대학교가 생긴 이유를 이곳에서 다시 한 번 더 생각해 본다. 문창대(文昌臺)란 학문을 깊이 연구하여, 학문을 크게 발전시켜나가는 것을 뜻하는 말일 것이다. 학문을 통해 어려움에 놓인 나라를 바로 세워주기를 바라는 마음에서 부산대학교가 세워졌다. 한 나라의 미래는 젊은 학생들에게 달려 있다. 이런 학생에게는 미래를 맡아 나갈 수 있는 학문과 지식이 필요할 것이며, 대학의 임무는 교육을 통해 얻을 수 있는 지적 능력을 갖게 하는 것이다. 이것이 문창대의 숭고한 뜻을 가슴깊이 새겨야 하는 이유다.

한 나라를 온전히 세우기 위해서는 여러 분야의 학문이 필요하다. 특히 기초 학문에 대한 교육이 잘 되어야 한다. 부산대학교는 지역을 대표하는 우리나라의 거점국립대학으로서 다른 대학에서는 소홀하기 쉬운 기초 학문에 대하여 많은 관심을 가지고 이를 육성해야 할 것이다. 즉, 학문에 치우침이 없도록 해야 한다. 이를 통해 필요한 인재들이 균형을 이룬 나라 발전을 이끌 수 있도록 해야 한다.

비록 문창대 오르는 길이 짧고 문창대 주위가 넓지 않더라도,

봄날에 만난

소나무와 대나무, 그리고 진달래와 잡목들로 문창대 주위를 감싸고 있는 분위기가 좋다. 대학 내 학문을 상징하고, 학문의 깊이를 더해야 한다는 느낌이 솟아오르는 곳이 있기에 좋다. 이 글에 새겨진 뜻에 따라 우리 대학에서는 끝없는 진리 탐구에 매진을 해야겠다. 이를 통해 국가와 사회, 나아가서는 인류에게 도움이 되는 일이 되길 기원하여 본다.

진달래와 문창대. 그렇고 보면 참 어울리는 조합이다. 한없이 여리지만 너무나 강건한 생명력과 문창대의 웅대한 기상이 마음을 헤집는다.

봄날에 만난

본관

1995년 지하 1층 지상 10층의 본관이 세워져, 인문관에 있던 대학 본부동이 이곳으로 옮겨왔다. 넉터라 부르는 이곳은 본관이 세워지기 전에는 운동장이었다. 이 건물이 세워지기 위해 대학본부와 학생회 측은 많은 회의를 하였고, 그 과정을 거쳐 지금의 자리에 본관이 세워지게 되었다.

본관 주위에는 화단이 잘 조성되어 있지 않다. 충분한 부지가 없는 것이 가장 큰 이유일 것이다. 본관 옆에는 특성화공학관이, 뒤편에는 조선관이 위치해 있기에 화단을 조성할 여유 부지가 없었다.

봄에 피는 꽃나무, 여름에 녹음을 주는 나무, 가을을 알리는 단풍나무들을 심을 땅이 없다. 본관 앞쪽에 마련된 주차장은 항상 많은 차들로 붐빈다. 본관 주위에서 여유를 찾기가 쉽지는 않지만, 옆쪽과 뒤쪽에 약간 있는 화단이라도 관심을 가지고 조경을 예쁘게 하면 좋겠다. 본관에 찾아오는 방문객들을 위해 본관 앞은 여유를 느낄 수 있도록 주차된 차량이 없으면 어떨까 생각해 본다.

대학에서 본관은 어떤 기능을 해야 할까? 본관은 대학에 다니는 학생들에게 많은 의미를 준다. 자신이 다니는 대학에 애교심을 느낄 수 있는 곳, 대학에서 받는 느낌 중 가장 강한 느낌을 주는 곳이다. 그래서 각 대학은 본관을 세울 때 대학을 상징하는 의미를 담기 위해 많은 노력을 한다. 대학의 세부 살림살이가 이곳에서 이루어지며, 학생들을 위한 학사 행정이 처리되는 곳이기도 하다. 외부에서 대학을 방문하면 대학 전체를 쉽고 간단히 소개받을 수 있는 곳이다. 그래서 대부분의 국내 대학에서 본관은 대학의 중심 위치에 놓여 있고, 대학 구성원들의 접근성이 좋은 곳에 있다.

필요에 따라 캠퍼스에는 많은 건물들이 세워져 있지만, 건물과 건물 사이의 간격이 좁아 여유로운 화단이 없는 경우가 많다. 이럴 경우 좁은 화단이라도 그곳에 키가 큰 나무를 심어 건물과 건물 사이 간격을 넓게 보이게 한다거나, 예쁜 꽃이 피는 사무를 심어 사람의 관심을 다른 데 돌릴 수 있도록 하면 좋을 것 같다.

특성화공학관의 화단에 핀 목련 사이로 본관을 찍은 사진이 멋지지 않은가? 꽃이 있어 그런 느낌이 든다. 지금이라도 이렇게 봄날을 알리는 매화나무나 목련을 많이 심어 본관 주위를 받쳐줄 수 있도록 하면 좋겠다. 이와 함께 키가 큰 소나무도 함께

봄날에 만난

아름다운 캠퍼스

심어 여유가 있는 본관으로 멋지게 꾸몄으면 좋겠다. 많지 않은 목련꽃 몇 그루에서 나오는 아름다운 백색이 건물의 회색과 잘 어울리듯이.

본관은 대학의 중심이다. 모든 구성원의 소통의 창구이다. 목련꽃은 잠시 화려한 자태를 드러내지만 싱그러운 넓은 잎은 한여름과 가을을 그리고 겨울의 앙상함을 풍미하고 있지 않은가.

무심한 목련은 본관의 풍경과 함께 있었다.

봄날에 만난

미술관의
담쟁이넝쿨

　　　　미술관은 대운동장 조금 못 미친 지점에 1993
년에 세워진 건물이다. 지하 1층 지상 5층의 건물로 건물 벽은
붉은 벽돌로 되어 있다. 멀리서 보면 꽤 멋있는 건물이지만, 가
까이에서 보면 세월이 흐른 느낌이 드는 건물이다.

미술관은 언덕 위에 핀 붉은 철쭉꽃이 있어서 아름답다. 벽돌
색과 같은 계열이라 더욱 따스하게 느껴진다. 미술학과 학생들
이 작품을 만들기 위해 분주히 오가며, 미술관 주위에는 작품
활동으로 생겨난 여러 물품들이 흩어져 있다. 이 건물은 그렇
게 오래된 것이 아닌 데에도 불구하고 많은 틈이 보인다. 아마
도 건물을 지을 때 신경을 많이 쓰지 못했나 보다.

언제부터인가 미술관 벽에는 담쟁이넝쿨이 기어올라 한여름을
시원하게 보이게 한다. 자세히 보면 담쟁이넝쿨이 자라기 시작
한 지 그렇게 오래된 것 같지는 않다. 건물 벽의 일부분에서 자
라고 있는 담쟁이넝쿨이 붉은 벽돌과 잘 어울린다.

미술관 벽 여러 곳에 담쟁이넝쿨이 보인다. 지금은 보기에 좋
아 그냥 두는 것 같다. 붉은 벽에 푸른색의 넝쿨이 덮여 있으

면, 색의 조화에 의해 더욱 멋질 것이다. 담쟁이넝쿨을 보고만 있어야 할지, 아니면 더 이상 미술관 벽 전체로 퍼지기 전에 걷어내어야 할지가 고민일 것이다.

이렇게 아름다운 느낌을 주는 담쟁이넝쿨은 건물에 미치는 영향을 생각하면 그렇게 반가운 존재는 아니다. 한번 생겨난 담쟁이넝쿨은 그 다음 해에도 어김없이 넝쿨을 뻗어서 벽을 타고 오른다. 몇 년을 사는 다년생 풀이다. 담쟁이넝쿨이 높은 건물을 올라가기 위해서는 강력한 뿌리를 벽 속에 꽂아 넣는다. 담쟁이넝쿨의 뿌리가 건물 벽에 아주 가는 틈을 만들고, 그 틈 사이로 물이 스며들게 해서, 결국에는 건물의 수명을 짧게 하는 것이다. 건물의 벽이나 담을 약하게 만드는 나쁜 효과가 있는 것이다.

담쟁이넝쿨이 강한 뿌리 힘으로 건물 벽을 온통 덮는데에는 시간문제라는 생각이 든다. 그리 오래지 않아 건물 외벽 전체를 메울 것이며, 미술관 옆을 지나는 학생들은 '멋지네!'라며 좋아할 것이다.

그렇지만 지금은 붉은 색의 벽돌 위에 퍼지고 있는 담쟁이넝쿨이 보기에 좋아 넝쿨 마음대로 벽면 전체를 가득 메우게 가만히 두고 싶다.

봄날에 만난

예쁜 담쟁이넝쿨은 보기 좋지만, 미술관에 갈 때마다 미술관 안에서나 미술관 뜰에 있는 작업장에서 작품을 만들기 위해 땀을 흘리고 있는 학생들의 모습은 힘들어 보인다. 미술관 안은 좁으며, 그림을 그릴 때 사용되는 유성 그림물감에서 나오는

휘발성 기름 냄새가 난다. 미술관 바깥에 있는 가건물 속 작업 환경은 그리 좋지 않으며, 먼지와 작업 중에 생겨난 가루가 바람에 날리는 등 매우 열악해 보이기도 한다. 학생들은 안전을 위해 마스크를 써야할 것 같고, 보안경을 쓰고 작업을 하는 것도 좋을 듯하다.

한편, 미술관이라고 하면 학생들이나 교수님들의 작품들을 상시 전시해둘 수 있는 전시관이 있어야 할 것 같다. 잘 알려진 독일 쾰른 시의 루드비히 미술관이나 스페인에 있는 빌바오 구겐 미술관이 아니더라도, 미국 오하이오 주립 대학교 도서관에 있는 갤러리 정도의 전시실이 있으면 좋겠다. 미술을 전공하지 않는 일반 학생이나 대학을 방문하는 사람들이 품격 있는 전시관에 걸려 있는 작품들을 볼 수 있는 기회가 있으면 좋겠다. 작품을 보고 배우며, 보고 느끼며, 보고 감동할 수 있는 전시실이 함께 있기를 기대해 본다.

좀 더 특별한 명품 미술관이 되려면 어떻게 해야 할까? '수업과 전시'라는 모양을 갖춘 부산지역 최고의 모습은 어떤 것일까? 갤러리와 수업, 그리고 카페와 음악이 함께 있는 풍경을 상상해보면서 이내 행복해지는 나는 그저 몽상가인가, 라는 생각이 들지만 그것은 의지의 나름이라고 생각하며 자리를 뜬다.

봄날에 만난

중앙 화단의
연산홍

인문대학 앞 자동차 도로의 중앙에는 오래전부터 화단이 만들어져 있다. 편도 일 차선인 이 도로는 폭이 좁은 편이다. 도로의 폭이 좁아 큰 버스가 지나가는 것을 보고 있으면 불안할 정도다. 도로 중앙에 만들어진 화단은 부산대학교에서 가장 오래전에 조성된 것 중의 하나일 것이다.

정문에서 올라온 학생들 대부분이 운동장 '넉터'를 거쳐 강의실로 간다. 이런 학생들이 반드시 가로질러 지나가야 할 도로가 인문대학 앞 도로이다. 이 도로 가운데 만들어진 화단은 학교에 등교하는 학생들에게 밝은 느낌을 줄 수 있는 매우 중요한 공간이다.

중앙 화단에 있는 붉은색 연산홍은 내려다보이는 운동장과 잘 어울린다. 넓은 공간에서 느끼는 붉은색이라 더 그렇게 느껴진다. 화단의 폭이 조금이라도 더 넓게 조성되었다면 더 멋져 보였을 것 같다.

차가 다니는 도로와 학생들이 지나다니는 인도의 높이 차이가 없다. 여러 번 도로 포장을 하는 바람에 찻길의 노면이 인도의

봄날에 만난

턱에 거의 닿아 있다. 아침에 등
교하기 위해 운동장을 올라온 학
생들이 인도 위에서 차가 지나가
기를 기다리는 모습을 종종 본
다. 바쁜 걸음을 멈추고 차들이
지나가기를 기다리고 있는 학생
들을 볼 때마다 안쓰러운 마음이
든다.

장전동 캠퍼스에는 넓은 교내 도
로가 없다. 도로의 폭이 좁아 학
생들과 차들이 모여 복잡한 곳이
많다. 대학이 세워진 후 교육이
나 연구를 위해 필요한 건물들이
들어설 때 도로의 폭도 함께 넓
어졌다면 지금보다는 훨씬 나았
을 것이다. 교내 교통문제는 학
생들의 안전을 위한 측면에서는
매우 중요하다. 대학 내 도로를
지나다니는 차량이나 오토바이
의 수를 줄일 수 있는 방법은 없
을까? 차량으로부터 나오는 매연

이 없는, 보다 쾌적한 교육과 연구 환경을 가질 수 있는 방법은 없을까?

수업이 시작되는 아침이나 학교에서 수업을 마치고 집으로 가는 학생들에게 밝은 느낌을 주며 인사하는 중앙 화단의 꽃들은 중요하다. 비록 좁은 화단이지만 보다 다양하고 밝은 꽃들을 심어 아침에 등교하는 학생들이나 학교를 찾는 사람들에게 밝은 미소를 보낼 수 있는 화단이면 좋겠다.

원래 연산홍은 일반적으로 군집된 상태일 때, 그리고 자연석과 함께 있을 때 멋있는 장면을 연출하는 것이다. 정원의 모양과 형식을 조금 바꾸면 평범한 아파트 한켠에 있는 모습과 다른 자연을 느낄 수 있지 않을까, 라는 생각이 든다.

봄날에 만난

독수리탑

        부산대학교 구정문을 통해 학교로 들어와서 무지개문을 지나면 독수리탑을 만난다. 독수리탑 양옆으로 길이 흐른다. 오른쪽 길을 따라가면 인문관을 만나고, 왼쪽 길을 따라가면 건설관을 만난다. 이 독수리탑은 언제 세워졌을까? 이 탑은 분명 1975년 이전에 세워졌을 것이다. 필자가 이 대학에 입학했을 때 이미 독수리탑이 있었기 때문이다. 실제로는 독수리탑을 세운 후 1972년 12월 21일 제막식을 했다.

많은 학생들이 이 탑 위에 있는 것이 독수리라고 알고 있는데, 독수리가 아니고 '산지니'라고 한다. '산지니'의 사전적 의미는 '산에서 자라 여러 해를 묵은 매나 새매'로 정의한다. 그렇지만, 우리는 오랫동안 이 탑을 그냥 독수리탑이라고 불러왔다. 산지니는 매과에 속하는 매의 한 종류라고 한다. 매도 역시 독수리 못지않게 용맹한 동물이다. 하늘을 날면서 토끼나 쥐와 같은 육지에 있는 들짐승이나 하늘을 날고 있는 참새나 꿩과 같은 날짐승들을 낚아채는 모습은 비슷하다.

탑 위에 있는 독수리는 막 날아오를 것 같은 포즈를 취하고 있다. 힘차게 하늘로 솟아오를 준비를 마친 자세다. 힘차게 펼친

날개에서 그 힘을 느낀다.

독수리탑 기둥에는 '웅비(雄飛)의 탑'이라는 글이 새겨져 있다. 하늘을 날아오르겠다는 뜻을 품은 독수리이며, 결코 나뭇가지에 앉아 머물 수 없는 독수리이다. 창의적인 생각으로 학문을 통해 자기 계발을 완성하고 난 후, 자기 뜻에 따라 살 수 있는 희망의 메시지를 학생들에게 주고 있다.

대학은 학생들에게 꿈을 심어주어야 한다. 학생들에게 무엇인가 자신이 할 수 있다는 자신감과 희망을 함께 가질 수 있도록 해주어야 한다. 독수리탑을 보면 기분이 좋아지는 이유이다.

대학을 상징하는 동물로 왜 독수리를 택했을까? 부산대학교를 상징하는 동물이 독수리라고 한다면, 이 대학에 들어오는 학생들은 반드시 독수리의 기상과 습성에 대해서 특강을 듣든지, 강의 시간에 소개를 받을 필요가 있을 것 같다. 독수리의 기상은 다른 새들과 다르기 때문이다. 독수리는 몸길이 약 110센티미터, 날개 편 길이 약 250여 센티미터이며, 대부분 홀로 살지만, 때론 암수가 함께 산다. 뱀이나 토끼 등 작은 동물은 말할 것 없고, 몸집이 큰 동물인 양이나 늑대 혹은 사슴을 사냥하기도 한다. 이러한 독수리의 용맹한 기상을 잘 안다면, 학생들은 더욱 독수리의 기상을 본받으려고 할 것 같다.

旋飛의 꿈

2013/05/11 18:45

아름다운 캠퍼스

33

독수리들이 먹잇감을 찾기 위해 높이 날며 땅을 주시하고 있는 모습에서 우리 대학인의 자세를 함께 본다. 독수리의 눈은 많은 학문을 연마하며 좋은 결과를 내기 위해 열심히 노력하는 교수님이나 학생들의 눈과 다를 바 없다. 하늘을 날고 항상 자신감에 차 있으며 주저하는 기색이 조금도 없는 독수리의 눈에서 강인한 용기를 느낀다. 매일 아침 학교를 들어오면서 만나는 독수리탑에서 곧 하늘로 솟아 오를 것 같은 독수리의 멋진 기운을 느낀다.

장자(莊子)의 어록에는 '진리는 책에서만 배우려고 하지 말라. 글은 다 전할 수 없고, 말은 뜻을 다 나타 낼 수 없다'라고 하였는데 이는 인식의 기능만 중요한 것이 아니라 체험의 소중함을 일깨우는 것이다. 그리고 장자는 '작은 지혜는 큰 지혜를 넘지 못한다. 여름에만 사는 매미가 겨울을 어찌 알겠느냐'라 했다. 참 어려운 세상이다. 우선 한 가지 일에만 집중할 수 있는 환경을 조성하는 것이 할 일이 많은 세상을 극복하는 힘일 것이다. 바탕과 환경을 만드는 일이 우선이다.

독수리는 많은 생각을 한 다음에 푸른 창공을 가를 것이다. 독수리는 어떤 경우에도 목적 없이 날지는 않는다.

봄날에 만난

콰이강의 다리

부산대학교 장전동 캠퍼스 내에 '콰이강의 다리'라고 불리는 다리가 있다. 미리내 계곡에 있는 작은 다리인데, 박물관 뒤편에 철제로 만들어져 있다. 부분적으로 녹이 슬어 대학에서는 몇 년에 한 번씩 페인트칠을 한다. 왜 그런지 유래는 모르지만 오래전부터 학생들은 이 다리를 '콰이강의 다리'라고 불러왔다.

작은 다리이지만 다리가 있는 이곳은 분위기가 매우 좋다. 오래된 박물관 건물이 옆에 있고, 미리내 계곡의 많은 나무들이 있는 곳이다. 미리내 계곡 바닥까지 꽤 높은 곳에 다리가 있다. 다리 위에는 키가 큰 여러 나무들과 소나무들에 의해 녹음이 내린다. 학생 두세 명이 어깨를 맞대고 지나가면 딱 맞을 정도로 폭은 좁지만 오래된 다리이다. 이 다리가 없다면 다리 건너편으로 가기 위해서는 꽤 돌아가야 한다. 이런 불편함을 덜어주기 위해 세워진 다리다.

다리 밑으로 여러 가지 전선이 흐르는 관들과 상수도 관이 보인다. 요즘에야 이런 관을 설치한다면 눈에 보이지 않게 말끔히 시공을 하겠지만, 오래전에 설치된 것이라 눈에 쉽게 띈다.

봄날에 만난

다리는 끊어져 있는 것을 이어주는 것이다. 사람과 사람의 왕래를 가능하게 해주며, 마음의 소통이 이루어지게 해준다. 비록 세울 때 어려움은 있겠지만, 다리를 완성하고 난 후 얻을 수 있는 좋은 효과는 많다. 사람과 사람의 소통은 우리에게 많은 것을 준다. 다른 생각을 하는 사람과 서로의 생각을 함께 이야기하면 막혔던 오해를 풀 수도 있고, 잘못된 생각을 바로잡을 수도 있다. 우리 대학에 있는 여러 개의 다리를 보면서 우리 인간의 마음 소통을 생각해본다.

날씨가 흐리거나 비가 약간 내리는 날에 다리 위에서 미리내 골짜기를 올려다보거나 내려다보면 우거진 숲과 물길로 매우 운치가 있다. 대학 한 곳에 마음의 여유를 줄 수 있는 이런 다리가 있어 좋다. 잡목들과 함께 키 큰 소나무가 있고, 많지는 않지만 흐르는 물이 있는 곳이라, 언제 보아도 아늑한 느낌이 든다. 주위에 있는 인덕관과 함께 부산대 내에 가장 아름다운 곳이라고 생각한다.

그러나 역사적으로 '콰이강의 다리'는 아름다운 결론을 갖고 있지는 않다. '소통과 대화'라는 과제를 남겨주는 기념물이며, 우리 대학 내의 힘든 과제가 있을 때 조용히 지나가보는 사색하는 공간이다.

약대 앞
개나리꽃

　　　　　약학대학 앞 길 건너 숲속에 노란색 개나리꽃
이 피었다. 봄이 되었음을 알려주는 개나리꽃. 어김없이 이 봄
에도 양지바른 곳에는 노란색의 개나리꽃이 피었다. 다른 나무
들과 다르게 늘어진 나뭇가지에 떨어질 듯 달려 있는 노란색
개나리꽃이 귀엽다. 양지바른 곳의 개나리는 다른 곳에 있는
것보다 더 일찍 꽃을 피우기도 한다.

간혹 겨울에도 날씨가 며칠간 혹은 몇 주 정도 따뜻할 때면 양
지바른 곳에서는 개나리꽃을 볼 수 있다. 아마도 개나리는 따
스한 햇살을 좋아하는가 보다. 약간이라도 따스함을 느끼면 세
상을 구경하고 싶은가 보다.

개나리꽃 뒤로 보이는 건물은 부산대에서 가장 오래된 건물 중
의 하나다. 1962년에 세워진 약학관은 재건축이 되어야 할 것
이다. 1층 공간은 습하고, 2층 교수 연구실 일부는 비가 새며,
물기와 함께 콘크리트 벽이 부풀어 올라와 있다. 혹시라도 건
강에 유해한 물질이라도 나오는 것이 아닌지 걱정이 된다. 교
수님들이 오랜 시간 동안 머무는 연구 공간은 교수님들에게 상
쾌한 느낌을 주어야 할 것이다. 한시라도 빨리 연구 환경 개선

봄날에 만난

이 되어야 할 건물이다.

약학대학의 복도는 좁고, 복도에도 많은 실험 장비들이 설치되어 있으며, 학생들이 조심스럽게 장비를 다루고 있는 모습을 본다. 그리고 교수님들의 연구실은 공기 환경이 중요하다. 동물 실험을 할 때나 새로운 물질의 신약에 대한 연구를 하는 동안 연구실의 청정도는 매우 중요하다. 공기 중 습도나 박테리아 등 이물질에 의해 실험의 결과가 좋지 않게 나올 수 있으며, 실험에 투입된 연구 활동과 연구비가 쓸모없는 일이 될 수 있기 때문이다. 깨끗한 연구 환경은 좋은 연구 결과를 기대하게 해주는 첫 번째 조건이 될 수 있다.

오래된 약학대학의 화단에는 아름다운 느낌을 주는 꽃나무들은 많지 않지만, 이 건물 앞 숲에는 노란색 개나리꽃이 예쁘게 피었다. 지나다니는 학생들에게 봄 인사를 하고 있다. 다행인 것은 약대 앞 화단에도 몇 그루의 향나무가 있어 우리들에게 봄 인사로 향기로운 향내음을 선물하고 있다는 것이다.

그리고 개나리는 학명이 Forsythia Koreana이며 원산지는 한국이고 한국특산의 식물인 것을 한참 후에 알았다.

무지개문

　　　　구정문을 들어서면 무지개문을 만난다. 무지개문과 독수리탑, 그리고 본관으로 사용되었던 인문관이 부산대학교를 상징하는 대표적 구조물들이다. 이 무지개문은 12.3미터 높이로 되어 있으며, 가운데에 작은 종이 하나 달려 있다.

무지개문은 금정산의 형태와 조화를 이루기 위해 세워졌다고 한다. 이른 아침에 젊은 학생들의 마음을 깨워 밝은 대한민국을 만들고자 했던 부산대학교의 숭고한 뜻이 담겨 있다. 하늘과 구름과 금정산이 무지개문에 들어가게 구상했던 것이다. 이것은 부산대학교 초대 총장이셨던 윤인구 총장의 바람이었다. 학문으로 우리나라의 어려운 현실을 이겨나가기 위한 바람을 새겨 넣은 것이다. 무지개문 한가운데에 걸려 있는 종의 소리를 통해 학문의 큰 뜻과 진리가 전 세계로 퍼져나가길 원했을 것이다.

무지개문 아래쪽에 작은 주물로 만들어진 판이 있다. '기증 후원회장 박선기 4290 월정사 시공'이라고 새겨져

있다. 단기 4290년이면 서기로 1957년이다. 세워진 지 58년의
세월이 흘렀고, 그동안 많은 학생들이 이 무지개문을 지나다니
면서 공부를 했으며, 젊음의 꿈을 키워왔다.

무지개문에 달려 있는 종을 크게 울리며 다시 한 번 더 새벽에
일어나 큰 세상으로 힘차게 나아갈 수 있는 부산대학교가 되길
기대한다. 대학에서 이루어지는 끝없는 진리 탐구로 큰 학문이
세워져 전 세계에 퍼져나가는 종소리가 되어야 한다. 부산대학
교의 기상을 일깨우는 소리가 더 크게, 더 멀리 퍼지기를 바란다.

대학에는 여러 건물이 있지만, 길이 보존하고자 하는 건물이
되기 위해서는 설계 단계에서부터 대학의 정신이 무엇인지를
알고, 그 뜻을 담은 건물이 태어날 수 있도록 혼신의 힘을 다해
야 한다. 이러한 노력으로 짓는 건물은 학생들에게 무엇인가
좋은 영감을 전해줄 수 있으며, 학생들 마음속에 대학에 대한
자부심을 남겨줄 수 있을 것이다.

지금 후학으로서 생각해보면 왜 이런 구조물을 만들었을까?
차라리 강의실과 휴게실, 화장실, 샤워장이 현실적이었을 텐
데. 이것은 미래를 위한 비전을 제시하는 가르침이라고 느껴
졌다. 지금도 '무지개 문'은 바로 그 자리에서 우리들의 비상을
꿈꾸고 있는 듯하다.

봄날에 만난

어울마당

　　　　인문대학과 사범대학 물리관 사이에 있는 도로를 따라 대운동장으로 가는 길 중간 지점에 있는 박물관을 바로 지나면, 왼쪽에 숲으로 안내하는 '어울마당'이라고 쓴 간판이 하나 보인다. 알루미늄 둥근 테로 만들어져 있기에 쉽게 눈에 띈다. 숲으로 들어가기 전에 미리내 계곡으로 흘러들어 가는 폭이 좁은 개울 위 짧은 다리를 건넌다. 개울을 건너 약간 올라가면 제법 넓은 운동장이 있는 쉼터가 나온다.

숲속에 이런 곳이 있다니? 언제 이 '어울마당'이 만들어졌을까?

족구나 배트민턴을 할 수 있는 네트가 쳐져 있고 바로 옆에는 붙박이 형태로 만들어진 테이블과 긴 벤치가 준비되어 있다. 몇 개의 훌라후프도 못에 걸려 있다. 그 곁에 제법 큰 나무 탁자와 4~5명이 앉을 수 있는 긴 벤치 4개가 있다. 이곳은 지붕이 있어 비가 올 때에도 사용할 수 있기에, 작은 규모의 야외 수업도 가능할 것 같다. 간단하게 운동도 하고 학생들과 대화를 나눌 수 있는 곳이다. 숲속에 숨어 있어 주위는 조용하기만 하다.

숲속에서의 여유가 이곳에는 있다. 이곳 숲속에서 학생들과 교수님들이 대화를 한다면, 학생들과 함께 여러 가지 젊음에 대한 고민을 얘기할 수도 있고 강의실에서 느낄 수 없는 강의를 맛볼 수 있을 것 같다. 어울마당을 둘러싸고 있는 나무들과 함께 사색할 수 있는 시간을 가질 수 있을 것 같다.

학생들만이 이곳을 오더라도 주변의 방해를 받지 않아 자신들의 생각을 주고받을 수 있는 장소가 될 수 있을 것이다. 그래서

봄날에 만난

이곳의 이름을 '어울마당'이라고 했을까. 사람과 사람이 함께 어울려서 서로의 생각에 대해 이야기하며, 서로의 다른 생각이라도 받아들일 수 있는 소통을 이루는 공간인 것이다. 소통이란 세상을 '어울러서' 살아가는 데 꼭 필요한 것이다.

『채근담(採根譚)』에서도 지혜로운 삶의 방식과 인생의 참된 뜻을 이야기하고 있듯이, 사람과 사람이 함께 살아가기 위한 바람에서 이 같은 '어울마당'이 만들어졌을 것이다.

우리의 삶에서 혼자는 없다. 사람과 사람이 만나 사회를 이루고 살 때에는 서로의 생각이 다를 수 있지만 다름에 대한 배려가 있을 때 그 사회는 이해가 많은 사회가 될 수 있다. 다름을 인정하고 다름에 대한 가치를 부여하면, 우리가 이루는 사회에서 보다 윤택한 삶을 살 수 있을 것이다.

대학이 대학 구성원과 함께 앞으로 나아가기 위해서는 구성원들 간의 소통이 매우 중요하며, 어느 한 목소리라도 소홀함이 없어야 한다. 함께 어울리며, 함께 고민하며, 함께 문제 해결을 위해 노력한다면, 어떠한 문제라도 어려움 없이 잘 헤쳐 나갈 수 있을 것이다.

단이 진 개울

       제2사범관 밑에 작은 개울이 흐른다. 이 개울은 금정산 여러 줄기 중 하나의 계곡을 따라 흘러들어 오고 있는 것이다. 비가 온 다음에는 꽤 많은 물이 흘러간다. 2012년 3월 18일에 비가 내렸다. 이틀 전 내린 비로 금정산에서 흘러내리고 있는 많은 계곡의 물이 단이 진 물길을 따라 흐르고 있다. 맑은 물이다. 물의 양이 많을 때는 작은 폭포 같은 느낌이 든다.

보통 때에도 이 개울에는 많은 양은 아니지만 맑은 물이 졸졸 소리 내어 흐른다. 제법 물이 고여 있는 곳을 자세히 들여다본다. 바닥을 볼 수 있을 정도로 물이 맑다. 손가락 크기 정도의 물고기들이 모여 헤엄치며 놀고 있다.

깨끗한 물에서 헤엄치고 있는 물고기들을 한참 들여다보았다. 여기에 있는 물고기들은 어디에서 왔을까? 대학 캠퍼스 밑 온천천에서 이곳까지 올라왔을 것 같은 물고기들이 이곳에 모여 살고 있다. 여기에 있는 물고기들이 단이 진 콘크리트 벽에 막혀 더 이상 오를 수 없을 것이라 생각하니 안타까운 마음이 들었다. 단이 진 콘크리트 벽은 꽤 오래전에 만들어진 것이다. 혹시라도 다음에 캠퍼스 내 계곡 공사를 하게 될 경우, 물이 흐르

봄날에 만난

는 곳에는 물고기들이 오를 수 있는 통로를 반드시 만들어 주어야겠다는 생각을 하게 되었다.

아무리 그렇게 하더라도, 흐름이 잘리고, 자연스러운 흐름을 차단하는 단이 져 있을 때, 그 속에서는 단절이 일어난다. 단절이 생긴 곳에는 홈이 파이기도 하고, 자연스러움이 없어지게 된다. 우리의 삶도 이와 비슷하여, 모든 일이 흐르는 물과 같이 자연스럽게 흘러가기를 바란다.

금정산에 버려진 쓰레기들이 함께 내려오고, 나뭇가지에 내려앉은 먼지들이 비에 씻겨 흘러내리는 물 속에 들어 있을 것을 생각하니 왠지 기분이 좋아진다. 대학 캠퍼스 내에 이렇게 물이 흐르는 개울이 있다는 것은 학생들과 함께 대학의 구성원들의 기분을 좋게 만들어 준다. 금정산에서 흘러 내려오는 맑은 물이기에 더욱 귀하게 여겨진다. 한편으로는 생태하천으로 전환하는 방법도 생각해보면 어떨까 싶다.

봄날에 만난

농협 밑 쉼터

대학에 있는 농협중앙회 지점 밑에 작은 쉼터가 하나 있다. 봄이 되면 쉼터에 있는 스무 그루 정도 되는 나무들이 연둣빛의 나뭇잎들로 파랗게 되어 매우 아름다운 곳이다. 학생들이 앉아서 쉴 수 있게 벤치도 몇 개 있어 학생들에게 좋은 휴식 공간을 제공한다.

간혹 학생들이 모여 앉아 있는 모습을 본다. 서로에게 자신의 생각이 옳다고 주장하는 듯 무엇인가를 이야기를 하며 앉아 있다. 평일에 이 주위는 주차된 차량들로 매우 혼잡해진다. 주차된 차량 사이로 학생들이 지나다니는 모습을 보면, 이곳의 고요함을 맘껏 누릴 수 없는 것 같아 안타깝다.

이 둥근 쉼터 가운데에는 물이 고일 수 있는 아주 작은 연못이 있지만, 물풀 밑에서 물고기가 노는 모습은 볼 수가 없다. 쉼터 주위는 아스팔트로 포장된 길이다. 평일 낮 동안에는 많은 차들이 주차되어 있다. 비록 작은 연못이 있는 쉼터이지만, 연못에 물이 있다면 작은 물고기를 넣어두고 싶다. 그 위에 작은 물풀도 넣어두고 싶고, 여름에는 잠자리가 물풀에 알을 낳는 모습도 보고 싶다.

이런 공간이 젊은 학생들에게
는 시원한 에어컨 바람이 나오
는 찻집보다 더 멋진 곳이 될
수 있을 것이다. 대학을 다니
는 학생들은 추억을 남길 수
있는 공간이 갖고 싶을 것이
다. 비록 그 크기가 작을지라
도 아담하고 자신의 생각을 정
리할 수 있는 공간을 학생들에
게 줄 수 있다면, 그렇게 해주
는 것도 좋을 것 같다.

아스팔트 한가운데 만들어진
쉼터이지만, 바라보는 사람들
의 마음을 시원하게 해준다.
짙은 녹음과 함께 드리워진 그
늘은 우리들에게 쉬어가라고
손짓을 하는 것 같다. 이러한
작은 쉼터가 아스팔트가 아닌
곳에 있다면 더더욱 멋져 보일
것이다.

봄날에 만난

대학의 캠퍼스에는 학생들이 마음껏 거닐 수 있는 공간이 필요하며, 조용히 쉴 수 있는 공간이 필요하다. 수업을 받고 나오는 학생들에게나, 실험실에서 실험을 마치고 나오는 학생들에게, 복잡하고 여유가 없는 곳이 아니라, 시원한 바람과 푸른 녹색은 반드시 필요한 것이다.

나무들이 모여 있고 한낮의 햇빛을 피할 수 있으며, 조용히 시간을 보내고 책을 읽을 수 있는 공간이 우리에게는 반드시 필요하다. 대학에서 이런 시간을 많이 가진 학생들 마음에는 이미 대학을 사랑하는 마음이 생겨나고 있을 것이다. 작은 것이라도 대학을 다니는 학생들에게 마음으로 전달될 수 있는 아름다운 공간을 제공하는 것도 대학의 중요 기능 중 하나일 것이다.

봄날에 만난

약대 옆 철쭉꽃

　　　　약학대학에서 예술대학으로 올라가는 도로 옆에 철쭉꽃이 피었다. 화려하게 느껴지는 짙은 보랏빛 꽃이다. 장전동 캠퍼스에 피는 철쭉꽃은 이런 짙은 보라색이 많다. 언제부터 이렇게 많이 철쭉꽃을 심었을까? 아마도 학교 내 도로 공사를 하면서 바위 사이에 심을 수 있는 꽃나무로 철쭉을 많이 심게 되었을 것이다. 봄이 되면 어김없이 새로운 기운을 내뿜으면서 아름다운 자태를 보인다.

특히 약학대학에서는 연구 분야에 따라 많은 약용식물이 필요할 것이다. 약용식물 중에서도 아름다운 꽃을 피우는 것은 없을까? 있다면 약대 주위는 이런 식물의 꽃들로 감싸면 어떨까? 비록 이런 약초를 심을 공간이 많지 않지만, 해볼 만한 일이라고 생각한다.

대학은 많은 학생들이 수업을 받는 곳이다. 젊은 학생들에게 대학의 아름다움을 전해줄 수 있는 하나의 방법은 화단을 잘 가꾸고 이곳에 멋진 꽃을 피우는 나무들을 심는 일이다. 화단에 심겨진 다양한 종류의 나무에서 계절이 바뀔 때마다 각기 다른 꽃을 피우는 모습을 학생들에게 보여줄 필요가 있다.

봄날에 만난

봄날에 장전동 캠퍼스는 밝은 색으로 피어나는 철쭉꽃으로 붉게 물든다. 학생들이 자신의 학문을 정열적으로 정진하기를 바라는 마음에서 철쭉꽃이 붉게 빛을 내고 있는 듯하다.

대학에는 어떤 콘셉트의 조경이 좋을까? 어떤 꽃과 나무들이 세워진 많은 건물과 조화를 이룰까? 좁은 길가에서는, 건물이 높은 곳에서는, 숲이 우거진 길을 따라서는, 아스팔트 길 가에서는, 오래전에 지어진 키 낮은 건물 앞에서는, 잔디밭의 넓이가 큰 곳에서는, 학생들이 많이 다니는 길가에서는, 운동장 주위에서는, 소나무가 많이 서 있는 곳에서는, 유리 창문이 많이 달린 곳에서는, 강의실이 밀집된 곳에서는, 작은 개울과 다리가 놓인 곳에서는, 주차장이 바로 옆에 있는 곳에서는, 개울이 흐르는 곳이 가까이 있는 곳에서는?

이러한 여러 가지의 경우를 두고 올바른 답을 찾기 위해서는 많은 시간을 두고 서로 의견을 나누어야 할 것이다. 이에 덧붙여 조경 전문가의 도움도 받으며, 아름다운 대학, 좋은 교육 환경을 만드는 것은 결코 소홀히 할 일이 아니다. 심겨진 나무나 꽃들이 세월의 흐름과 함께 아름다운 캠퍼스를 만들어 줄 것이다.

아름다운 캠퍼스

인문관 앞
연산홍

인문관 앞 잘 정리된 화단에 핀 연산홍 꽃 빛이 붉다. 짙은 붉은색이다. 흰색 건물 앞에 핀 붉은빛 꽃은 건물과 잘 어울려서 화려하게 느껴진다.

1959년에 세워진 인문관은 유명한 건축가 김중업 씨께서 설계한 최초의 건물이다. 세워진 지 56년이 지난 이 건물은 1995년까지 총장 집무실과 대학의 주요 부서가 있던 대학 본관 건물이었다. 이 건물은 대학의 많은 역사를 알고 있으며, 대학을 상징하는 건물로 캠퍼스 한가운데에 서 있다.

이러한 이유로 2014년 10월 30일 대한민국 문화재청은 부산대학교의 인문관, 무지개문, 수위실을 '대한민국의 문화재'로 등록하였다.

필자가 대학을 다녔던 1975년경에는 냉난방시스템이 잘 안 되어 있어, 인문대학에 있는 강의실에서 5~6월경 수업을 듣노라면 무척 더웠다. 그래도 다행이었던 것은 복도나 현관을 들어설 때 층간 간격이 높아 시원한 느낌이 들었다는 점이다. 겨울에는 건물이 춥게 느껴질 때도 있었다.

봄날에 만난

이 건물은 금정산의 형태와 잘 어울리도록 한 변은 짧고 한 변을 길게 한 곡선으로 이루어져 있으며, 건물로 금정산이 가리는 것을 막기 위해 층간 높이를 높게 하고, 유리로 뒤에 있는 금정산이 보이게 했다. 금정산에서 불어오는 바람이 대학에서도 막힘 없이 흐르도록 건물 밑을 띄워서 만든 정성이 돋보인다. 대학의 정신과 금정산의 정기를 함께 녹여내기 위해 노력했던 위대한 설계자의 혼이 깃든 건물이다.

건물은 받치고 있는 기둥들도 그냥 뻗어 내린 육면체가 아니라 건물과 닿는 부분은 넓게 만들고, 땅을 짚고 서 있는 부분은 좁게 만들어 멋진 모습을 보여준다. 인문관을 세울 때 많은 것에 세밀한 정성이 들어갔음을 느낀다.

하늘과 닿아 있는 인문관 제일 높은 곳과 앞 유리창들의 곡선은 부드럽다. 부드러운 곡선은 대학에서 연구되고 학생들에게 가르치는 것들에서 인간적인 것이 우선되어야 함을 보여주는 것 같다. 인간을 중심에 두고 인간의 삶을 우선 생각하는 학문이 자연과 함께 발전되어야 한다. 철학, 사회학, 자연과학, 기술, 공학, 의학 등 대학에서 이루어지는 학문의 중심에 인간을 중시 여기는 마음이 깃들어야 한다. 인문학이 대학의 중심 학문이 되어야 하는 이유가 여기에 있는 듯하다.

대학 캠퍼스에는 많은 건물이 있다. 크고 작은 강의실이 있는 건물, 교수 연구실이 많이 들어 있는 건물, 학생과 교수님들을 지원해주는 행정 업무를 많이 보는 건물, 연구단과 연구지원기관이 있는 건물 등 다양한 건물이 있다. 그러나 인문관은 비록 많은 세월이 흘렀지만, 지금도 대학을 대표할 수 있는 건물이다.

대학에는 대학을 대표하는 건물이 필요하다. 이런 건물이 여럿 있으면 더 좋겠다. 대학을 졸업한 졸업생에게나 현재 대학을 다니는 학생들의 머릿속에 오랫동안 남아 있을 건물이 필요하다. 세월이 흘러 자신이 다녔던 대학에 대한 추억을 생각할 때, 어떤 것들이 떠오를 수 있게 할 것인가? 대학에서 건물 한 동을 세우더라도 오래 보존하고 싶은 건물을 세워야 한다. 이제부터라도 하나의 건물을 세울 때에는 많은 정성이 들어간 건물을 세워야 한다. 세월이 흘러도 사랑을 받을 수 있는 건물, 누구에게나 자랑할 수 있는 건물들이 대학에는 꼭 필요하다. 우리 졸업생들 마음속에 깊이 뿌리 내릴 건물이 필요한 것이다.

건설관 옆
소나무

        2010년 8월, 옛날 도서관이 있던 자리에 건설관이 세워졌다. 지상 10층 높이의 웅장한 건물이다. 아마도 부산대학교에서 가장 연면적이 큰 건물일 것이다. 건물 앞쪽의 바깥벽이 청색 유리로 마감되어 있어 멋지게 보인다. 유리로 싸여 있는 건물이라 여름에는 좀 덥지만 멋진 건물이다.

건설관이 세워지기 전 이 자리에는 도서관이 있었다. 사라진 도서관은 아담했으며, 지하 1층에는 지정석이 있는 독서실이 있었다. 독서실에 있는 지정석을 얻기 위해서는 몇 달 동안 독서실 내 빈 자리를 옮겨 다니며 기다려야 했다. 지정석은 자기의 이름표가 붙어 있어 다른 학생들이 앉을 수 없는 곳이다. 대학원 진학이나 국가고시를 치고자 하는 학생들이 지정석을 배정받아 도서관 문이 닫힐 때까지 공부를 할 수 있었다.

대학에도 건설관과 같이 높고 웅장한 건물이 필요할까? 장전동 캠퍼스에는 건설관과 함께 삼성산학협동관과 본관 등이 높고 큰 건물에 해당한다. 캠퍼스의 면적이 좁은 곳에서는 학생들의 강의실과 교수님들의 연구실을 위해 이런 건물들이 필요할 것이다. 하지만 높고 큰 건물의 위치를 결정할 때에는 주위

봄날에 만난

에 있는 건물들과 조화를 이루며, 건물을 사용하는 사람들을 위한 주차장 문제 등에 대해서 많은 검토가 있어야 할 것이다.

건설관 옆에 난 도로를 따라 서 있는 많은 소나무를 본다. 수령이 수십 년이 넘었을 것 같은 소나무들이 높이 서 있다. 키가 큰 소나무가 건물을 싸고 있는 형상이라 항상 시원한 느낌이 든다.

봄이 되면 소나무에서 날아오는 송홧가루가 자동차 위를 덮기도 하지만, 마음에 안정감을 주는 소나무의 역할은 크다. 이 소나무들은 자기가 서 있는 자리에서 수십 년을 견디면서 대학에 은은한 솔향을 내뿜어주었을 것이고, 금정산에서 불어오는 바람에 맞추어 노래도 함께 불러주었을 것이다. 대학 캠퍼스 내에 이렇게 많은 소나무가 있는 대학도 드물 것이라는 생각이 든다. 높이 솟아 있는 잘 생긴 소나무 모습이 보기에 정말 좋다.

현재 캠퍼스에 서 있는 키 큰 소나무나 잣나무 등을 보호하기 위해서는 대학에서 수목의 종류와 그루 수를 관리하는 체계를 세워야 할 것 같다. 나무는 하루이틀 만에 이렇게 크게 자랄 수 없기 때문에 수령이 오래된 나무는 훼손이 되지 않도록 나무에 번호를 붙이고 각 나무에 대한 이력 관리가 될 수 있도록

봄날에 만난

해야 한다. 따라서 최대한 많은 나무들이 보호받을 수 있는 방안을 찾아야 한다. 대학의 조경은 세심한 배려에 의해 이루어진다.

봄날에 만난

박물관 앞
공중전화박스

언제부터인가 박물관 앞에 공중전화박스가 서 있다. 공중전화기는 이 앞을 지나다니는 학생들에게 많은 도움을 주었을 것이다. 지금은 거의 대부분 학생들이 휴대전화를 가지고 다니기 때문에, 공중전화기를 이용하는 사람은 매우 적을 것이다. 그러나 박물관 앞에 설치된 하늘색 공중전화박스는 오래전에 설치된 것이라 그런지 매우 눈에 익은 모습이었고 반가운 마음이 들었다.

미리내 골짜기 중간쯤에 대학 박물관이 자리 잡고 있다. 이 박물관은 1956년에 세워졌으며, 대학 내에서 돌로 만들어진 몇 안 되는 건물이다. 박물관을 지을 때 사용한 돌은 정으로 다듬은 돌이 아니라, 자연적으로 생성된 둥근 형태의 돌이다. 이런 둥근 형태의 돌에서 자연스러움을 느낀다. 규모는 크지 않지만 아담한 크기로, 박물관 내부에는 보관할 가치가 있는 문화재들이 많이 있다.

박물관이 오래전에 생겨나서 그런지 박물관 주위를 감싸고 있는 나무들과 숲에서 전해져 오는 초록은 석조 건물의 중후함과 함께 좋은 느낌을 준다. 그러나 박물관 주위에는 캠퍼스에 많이 피어 있는 철쭉꽃도 없고, 안내표지도 쉽게 눈에 들어오지 않는다. 아마도 조용한 분위기가 맞을 것 같기에 이렇게 했을 것이다.

한 민족의 역사를 알고 싶다면 박물관에 가면 된다고 했다. 박물관에서는 한 민족이 살아오면서 이룬 여러 가지 업적들을 볼 수 있다. 옛 유적에 대한 자료, 과학에 대한 업적, 문화에 대한 업적, 종교에 대한 업적 등 타 민족에 비해 뛰어난 유산들을 볼 수 있는 곳이 바로 박물관이다.

이 박물관 뒤편에도 실외에 두고 보기에 아까운 유물들이 있다. 시기는 알 수 없는 5층 석탑도 있고, 돌로 만들어진 부처님도 앉아 있다. 아담하게 느껴지는 5층 석탑과 나무 그늘에 앉아 있는 부처님의 모습이 편안해 보인다.

박물관 내부에 있는 여러 유물과 실외에 있는 유물이 모두 우리의 보물이다. 잘 보존해서 대학을 찾는 사람들에게 우리의 유산을 알려주는 것도 좋을 것 같다. 이것이 대학 부지 내에 박물관이 있을 이유일 것이다.

대학을 찾는 방문자들이나 우리 대학에 진학할 생각을 가진 학생들이 대학을 방문했을 때 과연 어디를 보여주어야 할까? 대

봄날에 만난

학의 정신이 흐르는 곳이 어디이고, 대학의 역사를 알 수 있게 해주는 곳이 어디일까? 그곳으로 가면 대학의 나아갈 길을 엿볼 수 있는 곳은 어디일까? 이런 역할을 할 수 있는 곳이 바로 대학의 박물관일 것이다. 고고학적 가치가 큰 유물도 좋고, 아울러 이 대학에 근무하고 있는 교수님들의 좋은 연구 결과들을 함께 보여줄 수 있게 된다면, 대학 박물관으로서 충분한 가치가 있을 것이다.

더욱이 대학의 박물관은 또 다른 기능이 추가되어야 할 것 같다. 대학에는 여러 종류의 학문이 있으며, 특히 문학, 철학, 민속학, 예술, 자연과학 및 공학, 의학 등 다양한 분야에 대학 역사적 기록이 모여 종합적인 교육기관으로서의 기능이 곁들여져야 할 것이다. 즉, 대학 문화의 중심이 되어야 할 것 같다.

2014년 여름방학 때 독일 하이델베르크 대학교를 방문한 적이 있는데, 대학 한가운데 위치하여 대학의 본관으로 사용되었던 건물이 '대학 박물관'으로 사용되고 있는 것을 보았다. 대학 박물관에서 이 대학을 거쳐 간 유명 교수님들의 위대한 업적들을 볼 수 있었다. 이것이 바로 대학 도서관의 중요한 역할 중 하나라는 생각이 들었다.

물리관 앞 철쭉

1971년에 세워진 물리관 앞 둥근 화단에 몇 종류의 철쭉이 꽃을 피웠다. 짙은 붉은색과 자줏빛 꽃이 피어 있지만, 주위에 있는 많은 나무 그늘로 약간 어둡게 느껴지는 곳이다.

오래전 어린 아들의 방학 숙제인 곤충 채집을 도와줄 생각으로 이곳에 온 적이 있다. 아들과 함께 매미 허물이 많은 것을 보고, 살아 있는 매미를 잡아 곤충 채집을 할 것이 아니라 여러 종류의 매미 허물을 주워 채집을 하기로 했다. 그 이후로 여름이 오면, 매미가 울기 시작할 때 시간을 내어 한 번씩 이곳을 찾는다. 매미가 되기 위해 얼마나 많은 힘을 썼는지 느낄 수 있는 매미 허물들을 볼 수 있기에.

봄날이 지나 초여름이 오면 여러 해 동안 이곳 땅속에 살고 있던 매미 유충(굼벵이)들이 기어 나와 화단 주위에 있는 나뭇가지에서 허물을 벗고 매미로 다시 태어날 것이다. 물리관 앞에 있는 나뭇가지에서는 정말 많은 매미 허물을 볼 수 있다.

매미의 유충이 허물을 벗는 이곳 화단은 오래전에 조성되었을

봄날에 만난

것이다. 매미의 유충이 아무 걱정 없이 지내다가 여름이 되면 땅을 뚫고 기어 나와 나무에 올라 허물을 벗는다. 화단에 핀 여러 철쭉나무 아래 두어 달 후에 매미가 될 유충들이 살고 있을 것이라 생각하니, 이곳이 무척이나 소중한 느낌이 든다.

물리관은 설계를 할 때 많은 정성을 쏟았던 것 같다. 오래된 건물이지만 그 형태가 아름답고, 건물로 들어가기 위해 실외에 설치된 계단이 두 방향에서 접근이 가능한 데서 그것을 느낀다. 정성을 들인 흔적이다. 건물 안에 있는 강의실은 크기가 비록 작지만 아담한 계단식 강의실도 있다.

무엇보다 기분을 좋게 하는 것은 이 건물 주위에 심어져 있는 많은 나무들과 예쁜 화단이다. 대학의 다니는 학생들에게 휴식과 낭만을 제공하기 위한 것이라는 생각이 든다.

필자는 대학에 입학한 후 교양 과목인 '물리 실험' 수업을 이 건물에서 받았다. 아름다운 건물도 지은 지 40여 년이 지나 교육과 연구에 불편을 줄 경우에는 수리가 필요하다. 그리하여 새로운 기능이 부가된 건물로 다시 태어나야 한다. 그리고 실험에 사용되는 오래된 장비들은 새로운 교과과정에 맞도록 바뀌어야 하며, 파손된 것은 수리가 되어야 한다.

자연과학 분야의 학문은 기초학문과 응용학문으로 나눌 수 있다. 기초학문에는 물리학, 생물학, 화학 등과 같은 분야들이 해당한다. 기초학문의 강국이 세계를 리드하고 있음을 볼 때, 기초학문의 필요성은 갈수록 더해질 것이다. 기초학문은 좋은 결과가 나오기까지 시간이 많이 걸리기도 하며, 새로운 이론을 이끌어내기 위해서는 연구에 많은 투자가 필요할 때도 있다. 이와 더불어 인문 사회학 분야에서도 기초학문에 대한 연구를 소홀히 해서는 안 될 것이다.

봄날에 만난

봄날에 만난

인덕관 앞
향나무

인덕관 계단 옆에 향나무가 두어 그루 서 있다. 향나무는 언제나 인덕관을 오르는 우리를 반갑게 맞이해준다. 향나무 주위에 여러 나무들이 서 있지만, 향나무에서 뿜어져 나오는 향기를 막지는 못한다. 계단 한쪽은 하늘을 막는 키 큰 나무들이 없지만, 저녁쯤에는 새로 지어진 건물에 의해 그늘이 지곤 한다.

인덕관이 처음 지어졌을 때에는 큰 돌로 된 계단을 사용했다. 지금은 돌계단 옆에 나무로 된 계단이 하나 더 생겨났다. 돌로 된 계단의 표면이 고르지 못하고 높이가 일정하지 않아 계단을 오르내리는 사람들이 보다 편하게 이용할 수 있게 계단을 하나 더 만들었다.

1991년 세워진 인덕관 옆에 제2효원산학협동관이 2010년에 세워졌다. 이 산학협동관에 있는 여러 회의실과 두 개의 회의실이 있는 인덕관을 연결하는 통로가 건물 바깥에 있다(사진에서 '507 인덕관'이라고 표시된 것). 이 통로는 두 건물의 이용도를 높이는 데 편리함을 주지만, 인덕관의 일부를 막고 있다. 먼저 세워져 있던 인덕관의 아름다운 모습을 해치지 않았으면 좋았을 것이다.

인덕관을 부산대학교 초대 총장이셨던 윤인구 총장을 기리는 건물이다. 비록 인덕관이 그 크기는 작아도 금정산 기슭에 대학을 세우겠다는 윤총장님의 숭고한 뜻이 모셔져 있는 곳이다.

부산대학교 건학정신의 회복을 위하여 윤인구 총장님을 기리는 행사로 2013년 11월 1일 부산대학교 건학정신 컨퍼런스가 열렸다. '왜 이 시대에 윤인구인가'라는 제목을 화두 삼아 부산대학교 교수회 주관으로 열렸다. 윤인구 총장은 훌륭한 목회자이자 교육자였으며, 우리나라 교육계의 선구자였다.

그는 '교육은 백성의 가슴속에 광명을 던지는 것이며, 교육은 진리 획득이며, 진리를 통해서 현실의 생에서 구원할 수 있다.'고 보았다. 부산대학교 총장 취임사에 나타난 윤인구 총장의 정신은 첫째, '애국충혼의 정신으로 우리나라를 수호하자.'는 것이며, 둘째는 '우리나라 문화를 창건하는 것'이라고 했다. 대학의 본질적 사명은 '교육'에 있음을 천명한 것이었으며, 그 교육의 핵심에는 '사람됨'이 있었다.

대학의 존재 이유는 학문을 하며 학생들을 잘 가르치는 것이

봄날에 만난

다. 학문을 하는 사람들이 모여 있는 곳이 대학이며, 학문을 위해 자유롭게 정진할 수 있는 터전을 만들어 주는 것이 대학의 사명인 것이다. 그리고 무엇보다도 인생을 풍요롭게 만들어주는 곳이어야 한다.

기계기술연구원

　　　　지금의 넉터로 바뀐 옛 운동장에 붉은 벽돌로
만들어진 건물이 기계기술연구원이다. 이 연구원은 1989년도
에 세워진 기계기술연구소의 명칭이 바뀐 것이다. 4층으로 되
어 있으며, 기계공학부 교수님들의 연구실이 있는 곳이다.

연구원 주위에서는 아름다운 꽃나무나 조경수를 구경하기 힘
들다. 아스팔트 위에 주차된 차량들에 의해 약간의 삭막함을
느낀다. 건물이 세워질 당시에 연구원 주위에 화단을 만들고
아름다운 꽃을 피우는 나무들을 심을 여유 공간이 없었기 때문
일 것이다. 그나마 봄이 되면 이 화단에서 꽃을 피우는 매화꽃
이 그런대로 보기에 좋다.

기계기술연구원과 특성화공학관 사이에 조성된 화단에 키 큰
나무들을 심는다면, 건물과 건물 사이 간격도 멀어져 보일 뿐
만 아니라, 지금보다는 시원한 느낌이 들 것 같다.

기계기술연구원은 공과대학 기계공학부의 교육 및 연구 공간
부족으로 운동장에 건물을 지은 것이다. 캠퍼스 제일 위쪽에
있는 대운동장이 들어서기 전의 일이다.

봄날에 만난

이 연구원을 통해 많은 기업들과 공동 연구가 진행되고 있으며, 학산(대학과 산업체) 혹은 학연(대학과 연구소) 협동과정들이 개설되어 연구와 교육이 이루어지고 있다. 많은 학생들이 이 연구소를 통해 좋은 인재로 양성되고 있으며, 이후에는 우리나라 산업의 역군으로서 제 몫을 다하고 있다.

학기 중 매주 토요일 아침 9시부터 1시까지는 이 연구소에서 개설하여 운영하고 있는 학산협동과정 강의를 듣기 위해 대학에 오는 학생들로 복잡하다. 이 협동과정에 다니는 학생들은 대학과 계약을 체결한 기업체에 다니는 회사원들이다. 주중에는 기업체에서 일을 하기 때문에 학생들의 편의를 생각해서 주말인 토요일에 강의가 있다.

현재 회사를 다니는 사람들(주중에 대학에 나와서 수업을 받을 수 없는 상태에 있는 사람들)을 위해서나 대학을 졸업한 지 많은 시간이 흘러 새로운 교육을 받고자 하는 사람들을 위한 재교육을 위해 앞으로는 대학 교육 형태에 반드시 변화가 도래할 것이다. 따라서 대학에서는 이를 위한 준비가 필요하다. 어떤 분야에 이러한 수요가 생길 수 있는지를 우선적으로 분석해야 하고, 노인 인구의 증가로 정년퇴임 후 전공을 바꾸어야 할 필요성이 대두될 때를 함께 고려해야 할 것이다. 사회의 구조 및 직업의 형태에 변화가 있을 것이며, 이를 위해서는 어떤 강좌가 어떤 형태로 이루어질 것인지를 연구해야 한다.

따라서 대학은 평생교육체계를 위한 연구를 해야 한다. 기존의 대학 역할을 뛰어넘어 새롭게 요구되는 대학 역할을 준비해야 할 시점이다. 강의를 듣고자 하는 수요층의 요구가 무엇인지, 강의에는 어떤 내용을 담아야 하며, 강의 방법은 어떻게 해야 할지 등에 대한 연구가 필요하며 세계 최첨단의 환경을 지향해야 한다.

봄날에 만난

국제관 신축공사

2013년 4월, 부산대학교 장전동 캠퍼스 중간 위치에 있는 테니스 코트의 일부에 국제관 신축 공사가 한창이다. 9층 높이의 건물이며, 2013년 12월 완공 예정으로 되어 있다. 대학에는 새로운 교육 분야가 생긴다든지, 새로운 단과대학이 생긴다든지, 새로운 연구단이 생기면, 이에 따라 많은 공간이 필요해진다. 장전동 캠퍼스가 좁아 새로운 건물이 들어설 자리가 마땅하지 않았기에 테니스 코트의 반쪽 면적에 이렇게 큰 건물이 들어서고 있는 것이다. 하지만 테니스를 즐기는 교수님들이나 학생들은 코트의 크기가 줄어 불편할 것이다.

착공한 건물이라 더 이상 의견을 낼 수는 없지만, 부산대학교 장전동 캠퍼스는 금정산 비탈에 위치해 있어 캠퍼스 중간 위치에 9층짜리 건물은 너무 높아 보인다. 지어지고 있는 건물이 주위에 있는 건물들과 잘 어울릴까를 생각해본다. 주변과 잘 어울리지 않게 우뚝 솟아오른 모습이 이상하게 비치지는 않을까? 앞으로 대학 내 교육과 연구를 위한 건물들은 여러 가지 사항들이 함께 고려되어서 만들어진 장기적인 캠퍼스의 개발 계획에 따라 지어져야 할 것이다.

대학은 교수님들과 학생들에게 교육과 연구의 기회를 주기 위해 많은 공간이 필요하다. 새로운 교육과 연구를 위한 공간을 마련하기 위해 대학 캠퍼스의 공간이 좁을 때에는 높은 건물을 지을 수밖에 없을 것이다. 그렇게 볼 때, 2013년 7월에 기획, 처에서 준비하여 '부산대학교 캠퍼스 마스터플랜에 대한 공청회'를 열었던 것은 매우 바람직한 일이었다.

2011년 현재 장전동 캠퍼스에는 113동의 건물이 있으며, 이중 20년 이상 된 건물이 72동(30년 이상된 건물은 49동)이나 된다. 즉 전체 건물의 64% 이상이 된다. 우리 대학의 건물들은 석조 건물이 적고, 대부분 콘크리트 구조물이다. 미적으로 뛰어난 건물이 그렇게 많지 않다. 발표된 캠퍼스 마스터 플랜에 어떤 것이 추가로 고려되어야 할지를 검토해야 할 것이다. 대학 내 건물을 지을 때 무엇보다 우선적으로 고려되어야 할 것은 대학의 문화를 상징할 수 있는, 그래서 학생들에게 오랫동안 마음 속에 담아두고 싶은 건물이 되는 것이다. 이와 함께 대학의 구성원들에게 마음의 여유를 줄 수 있는 여유 공간을 함께 고려해야 할 것이다.

국제관은 이미 완공되어 여러 가지 학술 행사에 이용되고 있으며, 학생들의 강의실과 교수님들의 연구 공간으로 잘 활용되고 있다.

봄날에 만난

'국제관'이 주는 의미는 매우 크다. 이제 대학의 교육과 연구는 국내에만 머무를 수 없기에 많은 대학들이 국제화에 관심을 가지고 있다. 대학의 평가에서 이미 국제화에 대한 지표가 강화되고 있는 것을 보면, 이는 앞으로 대학이 지향해야 할 방향이 될 수도 있겠지만 우선 나부터 시대 정신에 부합하는 연구자와 교육자의 덕목을 갖추도록 노력해야겠다.

봄날에 만난

예술관

부산대학교 장전동 캠퍼스 지도를 보면, 캠퍼스 중간 왼쪽 편에 예술관이 놓여 있다. 예술관 앞에는 10층 높이의 산학협동관이 있고, 그 옆으로는 큰 바위들이 자신의 크기를 자랑하고 있으며, 소나무 그늘이 있는 계곡이 흐른다. 예술관 옆 도로를 따라 올라갈 때면 간혹 예술관 안에서 흘러나오는 피아노나 여러 악기들 소리가 들을 수 있었고, 늘 학생들이 연습하는 음악 소리가 예술관 건물을 에워싸고 있었다.

예술관은 1984년에 세워졌으니 벌써 30년이 지난 건물이다. 학생들이 악기를 다루는 실습 공간과 교수님들의 연구 공간이 함께 있었다. 2008년에 제2예술관인 음악관이 새로 세워져 많은 교수님들이 음악관에 있는 연구실로 공간을 옮겼다.

오래전 예술관 건물에 있었던 실습실에 들어가 본 적이 있다. 작은 연습실들로 되어 있었으며, 옆방에서 연습하는 악기 소리가 복도를 따라 얇은 문을 통해 바로 들려왔다. 다른 학생들이 연주하는 악기의 소리를 들으면서 연습이 될 수 있을까 생각했다.

예술관 건물의 바깥벽은 붉은색 타일로 되어 있다. 이와 같이 외벽이 타일로 된 건물은 부산대학교의 건물 중 유일할 것 같다. 붉은 색 타일이 봄날에 피는 철쭉꽃들과 함께 정열적인 느낌이 들어 좋다. 타일로 외벽을 처리한 이유는 멋지게 보이기 위해서가 아니고, 비가 많이 올 때 강의실과 연구실로 새어들어 오는 물을 막기 위해서였다고 한다. ㄷ자 형태의 예술관 건물은 복도의 높이가 일정하지 않은 곳도 있다. 대학의 건물을 지을 때에는 설계와 시공에 각별히 신경을 많이 써야 할 것 같았다.

예술관 앞에는 이곳을 지나서 대학을 도는 셔틀버스의 안내판이 서 있고, 키가 큰 소나무 몇 그루가 오고 가는 학생들과 교수님들에게 인사를 한다. 26대 예술대 학생회에서 '예술을 상대평가 한다구요?!'라고 적힌 현수막을 예술관 앞에 있는 나무 사이에 걸어두었다. 학생들이 만든 예술 작품은 각기 다른 창조의 세계에 있기에 상대평가는 부당하다는 뜻으로 이런 현수막을 걸었을 것이다.

2014년 여름 예술대 건물 한쪽에 차를 마실 수 있는 '예다방' (藝多房)이 생겼다. '예술을 사랑하고 예술을 생각하는 사람들이 모이는 곳'으로 해석을 하고 싶다. 그 당시 예술대학 학장이셨던 정귀인 교수님의 노력으로 세워졌는데, 많은 학생들이 이

봄날에 만난

용하고 있다. 작은 공간이지만 학생들에게 유용한 공간이라는 생각이 든다. 필자도 커피를 마시기 위해 몇 번 가보았다. 공간이 좁아 옆에서 이야기하는 소리가 바로 들려왔다. 조금만 더 공간이 넓어 멋진 작품도 걸어둘 수 있는 벽면이 있었더라면 어땠을까 생각해 보았다.

대학생들이 아침에 학교에 와서 집으로 돌아가는 시간 동안 과
연 어디에 있을까? 이 물음은 정말 중요하다. 학생들은 강의를
들을 때에는 강의실에, 점심을 먹을 때에는 식당에서 시간을
보낸다. 도서관에서 자신의 공부를 하며 많은 시간을 보낼 수
는 있겠지만, 조용한 시간을 그렇게 길게 보내기는 쉽지 않을
것이다. 혹 동아리 활동을 하는 학생들은 동아리실에서 시간을
보낼 수 있다. 그 외의 시간은 어디서 보낼까?

많은 학생들이 많은 시간을 동료들과 아니면 혼자 생각을 하거
나 책을 보며 보낼 수 있는, 대학 내 학생들이 머물면서 과제도
하고 학생들과 이야기를 나눌 수 있는 공간이 분명 필요해 보
인다. 예술은 이미 예술가들만의 것이 아니라 모두가 향유하고
가까이 하여야 할 문화적 산물이고, 함께 지켜주고 가꾸어나가
야 하기에 대학 구성원과 일반 시민이 즐겨 찾는 공간으로서의
환경이 되기를 기대해본다.

봄날에 만난

음악관

        대운동장을 조금 못 간 위치에 새로 지어진 음악관이 있다. 2008년도에 세워진 음악관은 예술대학 음악학과 소속의 건물이다. 여러 가지 악기들로 각각 특색이 있는 음악 연주를 하고, 학생들에게 필요한 음악 실습을 할 수 있으며, 음악학과 교수님들의 연구실이 있는 곳이다. 1층에 있는 공연장에서는 졸업을 앞둔 대학생들이 작품을 선보일 수 있는 기회를 가질 수 있는 공간이기도 하다.

음악관 앞에도 봄이 왔다. 동백꽃이 보기 좋게 피었다. 동백나무 전체에 붉은 꽃이 피었다. 잎은 햇볕을 받아 기름 빛이 흐르듯 반지르하게 윤이 난다. 추운 겨울을 이겨낸 기쁨을 알려주는 듯하다.

음악관은 1층을 비워 이곳을 찾는 많은 사람들과

교수님들에게 주차 공간을 제공하여 편리함을 더해주고 있다. 건물을 지을 때 반드시 주차장을 어느 정도 두어야 하는 건축법을 지키기 위해서이겠지만, 1층에 있는 주차장을 보면 한편으로는 아쉬운 느낌도 들었다. 다른 공간이나 부지에 주차장이 충분히 있었다면, 1층 공간을 다른 용도로 사용할 수 있었을 것이다.

건물 앞쪽 벽면을 유리로 처리한 것이 무척 현대적인 느낌을 들게 만든다. 파란색의 유리라서 그런지 시원한 느낌도 든다. 오늘같이 맑은 날에는 하늘 빛과 같은 색이라 더욱 아름답게 느껴진다.

음악관 건물에 있는 교수 연구실에는 악기들이 많을 것이다. 이러한 악기들의 상태를 좋게 유지하기 위해서는 냉난방 시설이 잘 작동되어야 할 것 같다. 열이나 습기에 의해 악기에 문제를 주어서는 안 될 것이다.

U자 형태의 건물이라 안쪽에서 위로 올려다보는 모습이 아름답다. 건물 가운데에 있는 화단에는 향나무가 심겨져 있으며, 큰 바위들로 화단이 만들어져 있다. 이 바위들은 건물이 세워질 때 이곳에서 나왔던 바위들일 것이다.

봄날에 만난

봄날에 만난

아름답게 지어진 건물도 자연이 주는 아름다움이 더해져야 그 효과가 배가되는 듯하다. 큰 바위로 화단의 가장자리를 만든다든지, 보기 좋은 향나무들을 가져와서 심기도 하여 건물과 잘 조화를 이룰 수 있게 한다.

음악은 우리 인간이 살아가는 데 꼭 필요한 것이다. 인문학을 하든, 사회학을 하든, 공학을 공부하든, 자연과학을 공부하든, 모든 분야에 공통으로 필요한 것이 음악이 아닐까? 즐거울 때나 슬플 때, 아름다운 자연의 소리나 자연의 소리에 가까운 음악을 들음으로써 우리의 마음이 한층 자유로워지지 않을까 하는 생각이다. 마음의 여유를 얻고자 할 때에도 필요하다.

공과대학 어느 교수님은 자기 연구실에 들어오는 대학원생들에게 반드시 한 종류의 악기를 다룰 수 있게 한다. 악기에서 흘러나오는 소리는 아름답다. 아름다운 소리는 연구로 지친 마음을 어루만져줄 것이다. 대학생의 올바른 인성 교육에 도움이 되는 음악이 모든 대학 구성원에게 울러 퍼지기를 기대해 본다.

미리내 계곡

　　부산대학교에는 미리내 계곡이 흐른다. 계곡을 따라가다 보면 길가에서 작은 게시판을 만나게 된다. 게시판에는 미리내 계곡을 설명하는 글이 있다. 많은 학생들이 미리내 계곡에 대한 이야기를 들었겠지만, 이름 뒤에 어떠한 뜻이 있는지 아는 학생들은 그리 많지 않을 것이다.

"왜 미리내 계곡이라고 부르나요?
미리내 계곡은 금정산에서 시작하여 부산대학교를 가로지르며 흐르는 계곡입니다. 미리내는 은하수의 순우리말로, '미리'는 우리 고어에서 '미르' 즉, 용을 뜻합니다. 그리고 '내'는 개울, 시내 등을 뜻하는 말입니다. 따라서, '미리내'는 '용이 사는 시내'라는 뜻이 되는데, 은하수가 마치 강이나 시내가 흐르는 것처럼 보이는 까닭에 은하수를 일러 '용이 사는 시내' 곧 '미리내'라고 불렀습니다. 또한 하나 하나 빛나는 별들이 모여 거대한 흐름을 이루듯이, 우리 효원인 하나 하나가 모여 이룬 전통과 학문의 흐름에 대한 또 다른 비유이기도 합니다."

'미리내'에 이런 깊은 뜻이 있는 줄 오래전에는 알지 못했다. '효원인 하나 하나가 모여 이룬 전통과 학문의 흐름'이란 말이

가슴에 와 닿는다. 간혹 와보는 미리내 계곡이지만, 미리내 계곡은 언제 오더라도 기분을 좋게 만들어 준다.

미리내 계곡에는 많은 나무들이 있다. 키가 큰 나무와 작은 나무들이 엉켜 한여름 한낮에도 계곡 밑은 어둡다. 온갖 벌레들이 살고 있으며, 여름 한철에는 매미 울음 소리가 무척 크게 들리는 곳이다.

미리내 계곡을 따라 금정산을 향해 있는 직선에 가까운 도로는 폭이 좁아, 몇 년 전에 계곡 쪽으로 보행을 위한 길을 덧붙여 만들었다. 학생들 안전을 위해 도로의 폭을 넓힌 것이다. 나무로 만들어졌으며, 계곡의 나무들과 나뭇잎에 어울리는 색으로 만들어졌기에 보기에 좋다.

봄날에 만난

미리내 계곡에는 크고 작은 돌들이 많다. 키가 큰 소나무도 많으며, 이름을 알 수 없는 나무들과 함께 고사리도 보인다. 어두운 곳에는 이끼도 살고 있다. 한여름에 크게 울러퍼지는 매미 울음 소리는 가히 일품이라 할 수 있다.

미리내 계곡에서 자라는 나무들은 그 종류가 다양하다. 키가 큰 아름드리 나무들과 작은 나무 등 몇 종류의 나무들이 자랄까? 한번 조사해 볼 필요도 있을 것 같다. 어떤 종류의 풀들이 자라고 있고, 몇 종류의 곤충들이 있으며, 몇 종류의 물고기들이 이 계곡에서 살아가고 있는지도 궁금하다. 우거진 숲속에서 우리가 생각하는 것보다 다양한 동식물들이 살아가고 있을 것 같다.

언젠가 고향에서 가지고 왔던 미꾸라지들을 미리내 계곡물에 풀어준 적이 있다. 필자의 거실 공간에 있었던 수족관에서 살던 미꾸라지들을 자연으로 보내주어야겠다는 생각이 들어 어느 날 미리내 계곡의 흐르는 물에 놓아주었다. 자유롭게 헤엄쳐 가는 모습이 귀여웠다. 아마도 지금 미리내 가족이 되어 살아가고 있을 것이다.

미리내 계곡은 부산대학교의 캠퍼스를 대표하는, 그리고 자랑할 만한 것이라는 생각이 든다. 앞으로 부산대학교의 명소가 되어 모두의 추억과 애정이 깃든 자리가 되도록 가꾸어 가야겠다는 바람을 가져본다.

봄날에 만난

문창회관

문창회관을 찍은 사진을 본다. 평소에 생각했던 것보다 아름다운 건물이다. 약간의 여유로움과 멋을 느끼게 되는 건물이다. 한 달에 두어 번 머리를 깎으러 이곳에 있는 이발관에 가지만, 그냥 스쳐 지나가서 그런지 근사한 건물이란 생각이 들지 않았었다. 그런데 사진을 자세히 들여다보니 꽤 아름다운 건물이다.

이 건물은 1978년에 세워졌다. 1층에는 학생들을 위한 식당이 있고, 한쪽에는 교직원을 위한 식당이 있다. 반지하에는 이발관이 있다. 2층에는 우체국이 있으며, 학생들의 취업을 도와주는 미래인재개발원이 들어서 있다. 건물의 크기는 그렇게 크진 않지만, 잘 지어졌던 건물이다. 몇 년 전에 화장실을 리모델링해서 깨끗하다.

이 건물에 있는 '미래인재개발원'에서는 학생들을 위한 취업정보를 제공하고 있으며, 필요할 경우 기업의 면접 유형에 대한 자료들도 제공하고 있다. 시간이 지날수록 미래인재개발원의 역할이 중요해질 것 같다. 미래에 적합한 인재를 키우기 위해서는 앞으로 어떤 상황이 생겨날지에 대한 답을 가장 먼저 찾아야 할 것이다. 사회는 갈수록 복잡해지고 다양해질 것이며, 전 세계는 몇 개의 블록으로 묶일 것이고 각 나라의 정체성에 대한 연구를 하기가 더욱 힘들게 될 것이기 때문에, '미래에 필요한 인재의 형태'를 정확히 찾는다는 것은 매우 어려운 일일 것이다.

문창회관의 수명이 다 되어간다는 이야기를 들은 적이 있다. 재건축을 할 것이라는 소리를 들었을 때 가슴이 아팠다. 이 건물 앞에 서 있는 세 그루의 향나무와 대여섯 그루의 동백나무들이 문창회관을 찾는 학생들을 반기고 있다.

봄날에 만난

문창회관에 있는 식당이 얼마 전부터 문을 닫았다. 대학에는 많은 학생들과 교직원이 있다. 점심 때 많은 학생들과 교직원이 학교 밖으로 식사를 하러 나간다. 오전 동안 쌓인 피로를 풀 겸 밖으로 식사를 하러 나가는 것은 좋을 수 있지만, 적당한 식당이 없어 외부로 나간다는 생각이 들 때에는 그 느낌이 다르다. 장전동 캠퍼스에서는 점심 먹을 곳이 없다고 하는 이야기를 여러 번 들었다.

학교에 출근한 교직원들은 매일 점심을 먹어야 하고, 혹시라도 외부에서 방문한 손님이 있어 함께 점심 식사를 하는 경우에도, 교내에 갈 만한 식당이 없으면 심각한 문제가 된다. 손쉽게 가서 식사를 할 수 있는 곳이 필요하다. 연구실에서 그렇게 멀리 떨어져 있지 않는 곳에 깨끗하고 정리된 느낌이 드는 '교내 식당'이 우리에게는 꼭 필요하다. 증개축을 하든, 새로운 건물을 짓든, 예산을 확보하여 구성원들이 함께 어울리고 만나는 공간으로 거듭날 수 있기를 희망해본다.

대나무 밭

　　　　　　부산대학교 구정문에 있는 독수리탑 부근에 대나무 밭이 있다. 산속이나 시골 마을에 있음 직한 대나무 밭이 언제부터인가 대학교 구정문 부근에 생겨나 있다. 장전동 캠퍼스는 금정산 자락에 있어 산의 기운으로 대나무들이 자라기 시작했을까? 아침에 등교하는 학생들을 맞이하는 양 바람에 따라 손짓하며 움직이는 모습이 보기에 좋다.

장전동 캠퍼스에는 대나무 숲이 몇 곳 있으며, 키가 큰 대나무와 키가 작은 대나무 두 가지가 있다. 구정문 부근과 제6공학관, 그리고 운죽정 주위에는 키가 큰 대나무들이 있으며, 옛 총장 공관과 문창대를 오르는 길에는 키 낮은 대나무들이 있다. 효원산학협동관 앞에도 키기 큰 대나무 밭이 있다.

구정문을 지나 있는 대나무 밭 옆에는 무지개문이 있고, 공과대학 제6공학관이 있다. 이 건물이 세워지기 전 이곳에는 연못도 있었고, 테니스장도 있었다. 도로를 따라 아직도 남아 있는 대나무 밭의 면적은 그렇게 넓지 않다. 이 건물이 지어질 때 길을 따라 조금이나마 남아 있었던 대나무들이 지금은 세력을 더 확장한 것 같아 다행스럽다. 오늘날까지도 이렇게 싱싱하게 자

봄날에 만난

란 대나무 밭이 있어 정말 기분을 좋게 만들어준다.

대나무 밭 옆에는 부산대를 상징하는 진리의 '무지개문'이 세워져 있다. 흰색으로 칠해져 있는 무지개문이 대나무의 푸른빛과 잘 어울린다.

이런 봄날에는 파란 대나무 잎이 바람에 따라 물결치며 움직이고, 비 온 뒤에는 키 큰 대나무 사이로 힘차게 솟아오르는 죽순들이 대학을 오고 가는 사람들에게 인사를 한다. 색다른 가로수라는 생각이 든다. 대학에 있는 대나무 밭은 키가 큰 소나무나 붉은 철쭉꽃에서 느낄 수 없는 고고한 기품을 느끼게 해준다.

인도를 따라 지나가는 학생들과 교직원들에게 그늘을 만들어주고, 바람이 불 때에는 대나무 잎으로 노래도 불러준다. 곧은 절개를 지녔다는 대나무들이 옹기종기 모여 만들어진 밭이 대학의 입구에 있는 것은 지나는 사람들의 기분을 좋게 만들어주며, 봄날 아침에 대나무 숲을 보며 학교로 들어오는 사람들의 마음을 환하게 만들어준다. 대학이 만들어질 때 세워진 무지개문과 함께 봄을 맞이하고 있는 대나무의 모습이 보기에 좋다.

대학을 입학하는 학생들과 대학을 다니는 학생들에게 무지

봄날에 만난

개문이 세워진 깊은 뜻과 함께 대나무의 장점도 함께 들려주어야 할 것 같다. 학생들이 가질 수 있는 대학에 대한 자긍심은 대학에서 보여주는 세심한 관심에서 생겨날 수 있기 때문이다.

법학관 앞 목련

2013년 3월 18일 월요일, 법학관 앞에 하얀 목련꽃이 피었다. 법학관 건물은 1983년에 세워졌다. 직육면체 형태로 한 동의 건물이던 것이 법전문대학원 체제로 되면서, 기존의 건물 옆에 제2법학관이 2006년에 세워져 기역 자 형태로 모습이 바뀌었다.

법학관 앞에 오면 간혹 이런 생각이 든다. 사회의 여러 가지 현상에 따라 생겨날 수 있는 것에 대해 법을 만들고 조례를 만드는 일이 결코 쉬운 일이 아닐 것이다. 법이 만들어지고 집행되었을 때 올 수 있는 파급 효과를 함께 고려해야 할 것 같다. 법 없이 살 수 있는 사회가 가장 살기 좋은 사회라고 하지만, 사회는 복잡해지고 생겨나는 일들이 너무나 많아서 사회가 잘 돌아가기 위해서는 최소한의 법은 필요할 것 같다.

이 법학관에서 새로운 제도인 법학전문대학원 속에 많은 학생들이 여러 가지 법에 대해 공부하며 수업을 받고 있다. 변호사 시험을 준비하는 단계에서부터 교수님들의 정성 어린 지도가 함께 있을 때 좋은 대학이 되는 것 같다.

봄날에 만난

아름다운 캠퍼스

이론과 실무 경험이 많은 교수님들의 교육과 지도는 법조인이 되는 데 중요하다. 지도를 하는 교수님들의 수고 없이 좋은 결과를 기대하기란 쉽지 않다. 학생들이 스스로 생각한 질문에 대해 교수님들의 의견을 들을 수도 있지만, 미처 생각하지 못했던 복잡한 문제에 대한 지도가 학생들에게 매우 필요할 것이다.

목련꽃은 흰색의 꽃과 붉은색의 꽃이 있다. 3월 이맘때에는 목련을 피우기 위해 겨우내 기다리며 쥐색으로 덮여 있던 꽃눈에서 꽃잎을 내민다. 꽃눈의 모습은 커다란 붓을 닮았다. 손바닥보다 큰 목련의 나뭇잎은 아직 나뭇가지에 달려 있다. 하얀 손바닥만 한 크기의 목련꽃이 땅바닥에 뚝뚝 떨어지고 떨어진 꽃잎이 땅바닥에서 시들고 난 후에야 나무는 연둣빛 색깔의 나뭇잎을 밀어낸다.

대학 내 여러 화단에서 이 같은 목련을 많이 볼 수 있다. 키가 크든 작든 목련 나무가 아름다운 목련꽃을 피우는 이때가 좋다. 이른 봄에 피는 흰색의 목련꽃을 쳐다보고 있으면 왠지 모르게 아련한 사연이 있을 것 같은 느낌이 든다. 목련꽃이 필 때에는 아직 나뭇잎이 솟아나지 않아서일까? 아마도 나뭇잎이 없는 나뭇가지에 큰 꽃이 피었기에 그렇게 느끼는지도 모르겠다.

봄날에 만난

봄이 되면 겨울 동안 죽은 것 같은 마른 나뭇가지에서 싹이 트고 예쁜 꽃이 핀다. 이를 보면서 자연의 이치와 자연의 법칙을 느껴본다. 인간이 만든 그 어느 법보다 잘 만들어진 것 같다. 어김없이 적용되는 자연의 스케줄대로 움직이는 자연의 흐름을 목련꽃에서 본다. 신비롭기만 하다.

박물관
석조 건물

석조 건물이 아름답다. 박물관의 석조 건물 앞에 서니 석조 건물이 주는 아름다움이 느껴진다. 낮 동안에 햇살에 의해 생긴 나무 그늘과 함께 밝은 색의 석조 건물이 잘 어울려 보기에 좋다. 이 박물관은 대학 본부동에서 대운동장으로 올라가는 길 오른쪽에 있다.

박물관 건물은 1956년에 세워졌으며, 부산대학교에서 가장 먼저 세워진 건물이다. 필자가 입학했을 때는 신입생을 위한 교양 과목들이 이 건물에서 강의되고 있었다. 그때는 입구에 있는 문을 열고 들어서면 폭에 비해 길이가 긴 강의실이 나왔다. 강의실의 길이가 길었기에 대형 강의에 적합했다.

부산대학교에는 석조 건물이 여러 채 있었다. 그중 하나가 공과대학의 재료관이 있는 곳에 서 있었는데 공과대학의 학생들이 많아지면서 강의실이 부족하여 석조 건물이었던 재료관을 허물고 지금의 콘크리트 건물이 들어섰다.

그렇지만 이 박물관 건물은 아직 건재하다. 부산대학교에도 이와 같이 중후한 느낌이 들어 학생들 머릿속에 남아 있을 수 있

봄날에 만난

는 건물이 많았으면 좋겠다. 잣나무 가지에 앞이 약간 가려진
박물관의 모습이 한 장의 그림 같다.

필자는 2012년 미국에서 연구년을 보내는 동안 버어지니아텍
대학교를 방문한 적이 있다. 그 대학은 거의 모든 건물이 석조
로 되어 있었으며, 건물을 짓는 데 사용된 돌들은 모두 대학이
보유하고 있는 채석 광산에서 가져온 것이라고 했다. 대학의
전통을 살리고, 학생들의 마음속에 무엇인가를 남겨주기 위해

많은 것에 투자를 하고 있음을 보았다. 대학의 전통은 스스로 만들어가는 것 같다.

대학에서 학생은 미래다. 교수님들은 입학한 학생들의 능력을 파악해서 학생들이 잘할 수 있도록 도와주어야 한다. 이런 도움을 받고 대학을 졸업하는 학생들은 대학에 대해 고마움을 느낄 것이다. 이와 더불어 대학에서는 학생들의 마음속에 남을, 다른 대학에서 느끼지 못하는 자랑스러운 대학 건물을 세우는 데 노력을 해야 할 것 같다. 꼭 멋진 건물만이 학생들 마음속에 남는 것은 아니겠지만, 학생들에게 의미를 줄 수 있는 건물이 지어질 수 있게 해야 한다.

봄날에 만난

화학관

화학관 앞에도 봄이 왔다. 자연은 어느 곳이나 차이를 두지 않고 봄을 선사한다. 화학관 앞에도 봄날에 일찍 매화꽃이 피었다. 1982년에 세워진 이 건물은 장전동 캠퍼스 중간 지점에 있는 테니스 코트 위에 위치해 있다. 화학관 앞에 핀 매화꽃도 여느 매화꽃과 다르지는 않지만, 학교를 오고 가는 학생들에게 봄을 알려주는 것 같아 더 좋다.

화학관에서는 여러 교수님과 학생들이 함께, 물질이 어떻게 되어 있는지, 어떤 요소의 조합으로 이루어졌는지를 알아보고, 우리에게 필요한 물질은 어떻게 해서 만들어지는지, 어떤 성분이 우리에게 나쁜 영향을 미치는지에 대한 연구를 하는 곳이다. 새로운 물질, 특히 우리 인간에게 유용한 물질을 발견하기 위해 많은 연구를 하는 곳이다.

연구를 위해 간혹 유독성 가스를 사용하기도 한다. 건물 외벽에는 다른 건물들에 비해 많은 관이 설치되어 있는데, 이 관들을 통해 여러 종류의 가스를 실내에서 뽑아내고 있다. 이외에도 자연대학이나 약학대학, 그리고 생면자원과학대학 등 동물실험을 하는 곳에서는 병원균에 노출될 수도 있으며, 의과대학

과 간호대학에서도 여러 종류의 실험이 이루어진다. 예술대학
의 여러 학과에서는 작품을 만드는 과정에서 신체에 무리한 힘
을 주어 부상을 당하는 경우도 있을 수 있다. 공과대학의 많은
학과에서도 실험 중 사고가 발생할 수 있다. 이러한 모든 경우
를 대비해서 학생들이나 연구원들이 안전하게 실험을 할 수 있

봄날에 만난

도록 해야 한다.

실험을 하다가 위험한 경우도 발생한다. 이러한 위험을 사전에 막기 위해서는 여러 가지 안전을 위한 시설이 필요하다. 학생들이 실험을 하다가 다치는 경우를 대비해서 사전 교육도 해야 하고, 사고에 대비한 보험도 잘 챙겨서 가입해야 할 것이다. 학생들의 안전이 가장 중요하기 때문이다.

매화꽃은 꽃봉오리마다 화사한 느낌이 드는 꽃이다. 여러 겹이 한데 어울려 있는 것 같아 탐스럽기도 하다. 어김없이 봄이 왔음을 알려주는 자연의 시계에 경이로움을 느낀다. 인간이 만든 시계는 느릴 때도 있고 고장이 나서 설 때도 있지만, 봄이 왔음을 알려주는 자연의 시계에는 그런 것이 없다.

화단에 핀 매화꽃에서 그윽한 향기가 전해져 오는 듯하다. 이 향기는 어떤 성분으로 되어 있을까? 어떤 성분으로 되어 있기에 우리들에게 향기로움을 느끼게 해줄까? 봄이 왔음을 제일 먼저 알려주는 것은 어떤 원리일까?

학생회관 앞 계곡

학생회관 앞을 지나는 길 아래에도 작은 계곡이 흐른다. 금정산 어디에선가 시작되었을 골짜기를 따라 작은 계곡이 이어진다. 이 계곡도 봄 햇살을 받아 밝게 빛난다. 며칠 전에 온 비의 덕일까? 약간의 물이 졸졸 흐른다. 개울가에 연둣빛의 나뭇잎을 가진 나무들이 아침 햇살에 고개를 드는 듯하다. 나무들 사이로 흰색의 학생회관이 보인다.

키 큰 나무 밑에 고사리도 보인다. 우리 인간이 지구 상에 태어나기 훨씬 전에 존재했다는 고사리인데, 학교에 있는 여러 계곡 골짜기 어느 곳에서나 쉽게 고사리들을 볼 수 있다.

봄이 되면 이곳저곳에서 대학 캠퍼스에 내리 쬐는 햇살을 받고, 밝고 푸른빛을 내어주는 여러 종류의 나무들이 고맙게 여겨진다. 피로해진 학생들에게 힘을 주는 것 같다. 더욱이 물이 흐르는 이런 계곡의 물가에 있는 나무들은 더욱 힘찬 기운을 내어놓는 듯하다. 고마운 일이다.

학생회관 앞 키 큰 소나무 몇 그루 아래 학생들이 모여 앉아 이야기할 수 있는 작은 쉼터가 하나 있다. 자연스럽게 조성된 쉼

봄날에 만난

터이다. 키 큰 소나무와 넝쿨이 함께 만들어 주는 두꺼운 그늘
이 일품이다. 어떤 강력한 햇살도 이 그늘을 뚫을 수는 없을 것
같다.

학생회관에는 대강당과 학생들이 이용하는 식당이 있으며, 여
러 동아리실들이 있다. 또한 대학 소속의 출판부가 있다.

학생회관에 올 때마다 느끼는 것이 있다. 우리 대학의 학생회관
은 대학 캠퍼스에서 가장 접근하기에 먼 곳에 위치해 있는 것

아닌가 하는 생각이다. 학생회관은 학생들의 접근이 가장 잘 되는 곳에 있어야 할 것 같다. 학생들이 대학에서 생활하면서 필요한 시설이 모여 있는 곳이 이곳이 되어야 할 것이다. 따라서 학생회관은 대학의 한가운데 있어야 할 것 같고, 학생들이 많이 이용하는 시설들이 있어 대학 생활에 불편함을 없게 해주어야 한다. 학생회관은 학생을 위한 편의 공간이 되어야 한다.

학생회관에는 학생들에게 가장 필요한 식당이 있어야 하고, 모여서 이야기를 할 수 있는 공간이 있어야 하며, 필요한 학용품과 책을 살 수 있어야 한다. 커피나 차를 마실 수 있는 공간도 구비되어야 할 것이고, 간단한 은행 업무를 볼 수 있어야 하며, 우편물을 보내고 받을 수 있어야 한다. 그리고 기숙사에서 필요한 생활용품도 살 수 있어야 할 것이며, 학생들의 작품을 관람할 수 있는 전시장 공간도 함께 있으면 좋을 것 같다. 이러한 것들이 모두 구비된 학생회관을 기대하기는 어려울지 모르겠지만, 앞으로는 진정으로 '학생을 위하는 학생회관'이 생겨나기를 기대해 본다.

봄날에 만난

제6공학관

부산대학교 구정문을 지나 무지개문 앞에서 오른쪽으로 내려가면, 왼편에 있는 5층 높이의 흰 건물이 눈에 들어온다. 1982년에 세워진 이 건물은 제6공학관이다. 한때는 '제도관'이라 부르기도 했으며, 현재는 컴퓨터공학관이라고 부른다.

건물의 입구가 2층에 있었던지라 휠체어를 탄 학생들의 접근이 쉽지 않았던 건물이다. 건물이 지어질 무렵에는 장애를 가진 학생들에 대한 배려가 적었던 것이다. 지금은 접근하기도 쉽고, 건물 몇 층을 가든 어려움이 없도록 엘리베이터가 설치되어 있다.

제도관이란 이름은 건물이 세워진 후 공과대학 학생들이 도면을 그리는 제도 수업 및 실습을 이곳에서 했기에 붙여진 이름이었다. 실습실은 제도를 위한 테이블로 가득 차 있었지만 현재는 제도를 위한 실습실은 모두 없어지고, 일반 강의실로 이용되고 있다.

건물이 세워지기 전에 이곳에는 연못이 있었고, 그다지 넓지

않은 테니스 코트가 있었다. 그 당시에도 대나무 숲으로 둘러
싸여 있었기에 바람이 부는 날이면 대나무 잎들이 테니스 코트
위에서 휘날리기도 했다.

ㅁ자 형태의 컴퓨터공학관 한가운데는 비어 있다. 건물의 복도
가 ㅁ자로 되어 있기에 복도를 한 바퀴 돌면 제자리로 돌아온
다. 비어 있는 공간의 1층 지면에는 화단이 조성되어 있었고,
몇 그루의 나무도 심겨져 있었는데, 일 년 내내 햇볕이 들어오
지 않아 튼튼한 나무로 자라지는 못했다. 간혹 학생들이 모여

봄날에 만난

서 이야기하는 모습이 보이곤 한다.

건물은 몇 년 전에 흰색으로 페인트칠을 했으며, 주위의 푸른 녹음과 잘 어우러져 아름답게 보인다. 2층에 있는 건물 입구로 오르는 계단의 양 옆에 서 있는 동백나무가 인사를 한다.

제도관 주위는 키가 큰 대나무들이 자라고 있으며, 학생들이 쉴 수 있는 북카페와 커피전문점이 들어서 있는 운죽정(雲竹亭)이 바로 옆에 있다. 운죽정이란 '대나무와 구름이 있는 곳'

혹은 '대나무가 구름을 이루고 있는 곳', 아니면 '대나무와 구름이 있는 곳에서 사람들이 머무는 곳'이란 뜻일 것이다. 학생들이나 교직원들이 쉬어 갈 수 있는 곳이 되길 바라면서 세워졌을 것 같다. 대학에 있을 만한 정말 멋진 이름이다.

대나무 사이를 지나 계단을 내려가 도착한 운죽정은 어딘지 모르게 안정된 느낌을 준다. 책을 읽으며 커피를 마시는 학생들의 모습이 한 폭의 그림과 같이 여겨진다. 하루가 다르게 짙어져가는 초록 속이라 더더욱 그렇게 느껴진다.

봄날에 만난

지구관

　　　　　지구관에서는 지구의 역사를 공부하고, 지구가 어떻게 생성되었는지를 연구하며, 지구에서는 어떤 자연 현상이 일어났으며, 이런 현상을 통해 어떤 종류의 돌들이 생겨났는지에 대해 연구를 한다. 이에 덧붙여 하늘에 있는 별자리와 별들의 움직임에 대해서도 연구가 이루어진다. 미리내에 있는 제2박물관에서 마주보는 위치에 지구관이 있다.

2011년 지구관 건물에 지질박물관이 생겼다. 여기에는 여러 종류의 화석이 전시되어 있다. 이런 자료들을 이용하여 지구 탄생의 역사에 대한 연구를 하며, 지구를 대상으로 자연과학과 지질환경학, 광물학과 고생물학, 그리고 지구화학 등 많은 분야의 연구를 하고 있다. 지구과학은 여러 학문 분야가 들어 있는 종합 학문 분야이다. 이곳은 대학을 방문한 학생들이나 일반인들에게 좋은 전시 공간이 되고 있다.

지질박물관은 다른 박물관과 다르게 화석의 종류가 다양하고 크기가 큰 것이 많기 때문에, 이들을 진열하기 위해서는 넓은 공간이 필요하다. 현재의 지질박물관은 좁은 것 같다. 많은 종류의 화석을 모두 진열할 수는 없겠지만, 더 많은 화석이 진열

되어 대학을 찾는 사람들에게 좋은 느낌을 줄 수 있는 공간이 되면 좋을 것 같다.

대학은 여러 분야의 연구가 이루어지는 곳이다. 여러 분야의 연구 과정이나 결과를 체계적으로 보여줄 수 있어야 하며, 이를 위해 학문 분야의 특성에 맞게 여러 박물관이 있으면 좋을 것 같다. 대학에 있는 박물관에서는 학문의 역사를 보여주고 현재 일어나고 있는 연구 모습을 보여줄 수 있는 기능을 해야 한다.

오래전 지구관 앞에는 공룡 알 모양의 화석이 있었는데, 지금은 어디로 옮겨졌는지 보이지 않는다. 다음 사진은 2011년에 찍은 것인데, 지구관 앞에서 공룡 알과 비슷하게 생긴 화석을 볼 수 있었고, 지구관 앞 입구 쪽에 반 정도 묻혀 있었다.

나라의 발전은 자연과학과 같은 기초 학문의 도움을 받아야 가능하다. GDP 3만 달러 시대에서 4만 달러 시대로 들어가기 위해서는 기초 과학 분야에 대한 연구가 잘 이루어져야 할 것이다. 기초가 튼튼하지 않으면 앞으로 나아갈 수 있는 동력의 크기가 크지 않다. 기초가 잘 되어 있을 경우, 그에 대한 응용 분야들이 꽃을 피울 수 있다. 전 세계의 선진국들을 보면, 기초 학문이 튼튼하지 않은 나라가 없다. 선진국으로 가기 위해서 시

414 지구관

지질박물관

간이 조금은 더 걸릴지 모르지만, 기초 학문 분야에 대한 투자에 소홀함이 없어야겠다는 생각이 들었다.

지구관 입구에도 여러 종류의 화석이 진열되어 있다. 지구관 제일 위층에는 하늘의 별을 관찰할 수 있는 천체 망원경이 있었는데, 오래전 필자도 가본 적이 있다. 현재는 고장이 나서 수리가 필요하다고 한다. 시간을 내어 한 번 가보아야겠다는 생각이 든다. 지구관 앞에 나란히 서 있는 향나무들이 보기에 좋다.

봄날에 만난

정보전산원

        대학에는 여러 종류의 정보들이 있다. 학생들에 대한 정보, 교수님들에 대한 정보, 대학의 여러 행정부서에서 나오는 정보 등 많은 양의 정보들이 있다. 대학에서 생성되는 많은 정보를 관리하는 곳이 바로 정보전산원이다. 이 정보전산원이 많은 지식 정보를 가지고 있는 제2도서관과 나란히 2011년도에 세워졌다.

학생들에 대해서는 입학에 관련된 자료, 성적 관리, 취업에 관련된 사항 등이 있을 수 있으며, 교수님에 대해서는 강의 관련 정보, 수행된 연구 결과에 대한 정보, 교수님 개인에 대한 자료 등이 있을 수 있다. 그리고 대학 행정부서로부터는 대학을 구성하고 있는 시설에 대한 정보, 대학 운영에 필요한 자료, 강의에 필요한 자원, 강의 평가에 대한 자료, 입학한 학생에 대한 정보, 졸업 후 취업한 학생의 정보, 대학의 예산 집행 및 결산에 관한 자료가 될 것이다.

대학의 정보는 중요하다. 얻어진 정보를 그냥 가지고 있는 것이 아니라, 자료를 분석해서 어딘가에 활용될 수 있게 하는 곳이 이곳이다. 대학에서 생성된 수년 동안 쌓이고 쌓인 자료를 정리하고, 이를 이용해서 앞으로 대학이 나아갈 자료로 이용될 수 있다면, 무척 가치 있는 일이 될 것이다. 정보전산원의 역할은 단지 자료를 보관하는 일을 뛰어 넘어, 대학의 많은 자료를 이용해서 앞으로 대학의 발전 방향을 모색하는 방법을 찾는 데 있다. 즉, 대학의 정책을 수립할 때나 대학의 발전 전략을 수립하고자 할 때, 필요한 정보를 제공하는 중요한 역할을 수행하는 곳이 될 것이다.

이렇게 정보전산원의 역할은 갈수록 더욱 중요해질 것이다. 대학의 모든 업무가 전산으로 처리되고 대부분의 정보들이 저장되고 있기 때문에 정보전산원에서 일하는 인력의 보강과 정보처리를 위한 시스템의 보완이 절실히 요구되고 있다.

헤아릴 수 없이 많은 정보는 보다 체계적인 방법으로 관리되어야 하며, 수집된 자료들은 확실하게 보호할 수 있어야 할 것이다. 정보전산원에 보관되어 있는 많은 자료에 쉽게 파손이 일어나지 않도록, 쉽게 자료의 도난(해킹)이 발생되지 않도록 하는 것이 무엇보다 중요할 것이다. 이것은 대학의 자산이기 때문이다.

미리내 계곡의
다리

　　　　물리관 쪽에서 인문대학 건물로 가기 위해서는
키 낮은 다리가 하나를 건너야 한다. 미리내 골짜기를 가로지
르는 다리이다. 인문대학 건물 바로 옆에 있기에 쉽게 찾을 수
있다. 다리는 앞에 서서 자세히 보지 않으면 어떻게 생겼는지
쉽게 알 수 없다. 보통 학생이나 교수님들은 수업 시간에 쫓겨
쉽게 이 다리를 지나친다.

아치 형태의 다리 사이로 금정산에서 내려오는 물이 흐른다.
비가 올 때에는 물살이 제법 세다. 한여름에는 이곳에서 작은
물고기도 구경할 수 있다. 다리 주위에는 나무 숲도 있다.

이 다리는 크기는 작지만, 정감이 가는 형태다. 철재로 되어
있지 않아서 좋고, 있는지 없는지 잘 알 수 없어서 좋으며, 흐
르는 물이 잘 흘러갈 수 있도록 바닥 쪽이 넓어서 좋다. 아쉬
운 점은 다리의 기둥을 지탱하고 있는 구조물이 개울의 바닥
과 같은 높이가 아니라는 점이다. 개울 바닥과 같은 높이로 만
들었다면 개울을 따라 오르는 작은 물고기가 힘들어 하지 않
았을 것이다.

봄날에 만난

물이 흐르는 개울은 높은 나무들에 의해 생긴 그늘로 덮여 있다. 물이 많이 흐를 때는 많은 대로, 물의 양이 적을 때에는 적은 대로, 항상 학생들 곁에 있는 개울과 다리라 좋은 느낌이 든다. 마음의 여유를 가지고 개울에 발을 한번 담가보는 것도 좋을 것 같다.

흐르는 물이 있는 계곡과 키 큰 소나무, 잣나무가 많은 대학 캠퍼스는 우리나라, 아니 세계 어느 대학을 가더라도 흔하지 않다. 대학 캠퍼스 전체 면적은 그렇게 넓지 않지만, 이런 자연의 혜택을 받은 대학 캠퍼스는 매우 드물다.

어떻게 하면 이렇게 아름다운 대학을 잘 살려서, 대학을 들어오는 후배들에게 물려주어야 할지를 고민해야 한다. 한번 훼손된 자연은 돌려놓기가 쉽지 않고, 그러기 위해서는 시간이 많이 걸린다. 대학 캠퍼스의 개발을 생각할 때에는 아름다운 캠퍼스가 훼손되지 않는 범위 내에서 이루어져야 한다. 아름다웠던 캠퍼스가 많이 훼손되었지만, 지금의 상태라도 유지하기 위한 대책이 필요할 것이다. 더 나아가 아름다운 모습을 찾을 수 있는 방안이 있다면 찾아보아야 할 것이다. 걷고 싶고 추억 속에 남는 '미리내 다리'에 대한 관심은 지나친 사치는 아니라고 생각된다.

중앙도서관 앞
연산홍

　　　　많은 학생들은 중앙도서관을 '중도'라 부른다. 학생들이 가장 많이 이용하는 건물이 중앙도서관일 것이다. 중간고사나 기말고사 기간 동안에는 빈 자리를 찾기가 어렵고, 시험이 없는 기간에도 진학과 취업을 위해 많은 학생들이 도서관으로 몰린다.

중앙도서관은 1979년에 세워진 6층 건물로 2,531명의 좌석이 구비되어 있다. 도서관 아래쪽에 언덕이 있는데, 문창회관 뒤편에 흐르는 도로와 성학관으로 가는 도로가 마주치는 곳이다.

큰 바위로 포개져 만들어진 언덕에는 여러 종류의 색을 자랑하는 연산홍이 심겨져 있다. 봄이 되면 붉은색, 짙은 분홍색, 자줏빛 등 다양한 색들이 밝은 회색 계통의 바위와 함께 어우러져 멋진 작품을 선보인다. 아름다운 곳이라 연산홍이 만발했을 때에는 많은 학생들이나 시민들이 그 앞에서 사진을 찍는 모습도 쉽게 볼 수 있다. 이곳은 꽃이 만발하는 봄날에는 부산대학교에서 가장 화려한 곳이 된다.

봄날에 만난

도서관 주위는 항상 많은 학생들이 모여드는 곳이다. 학생들이 즐겁게 도서관을 이용하고 휴식 시간을 잘 보낼 수 있는 여유로운 공간이 필요하다. 언덕 위에 세워진 커피점도 좋지만, 도서관 주위에 주차된 많은 차량을 바라보고 있으면, 학생들의 안전이 우선 걱정될 때가 있다.

도서관 양옆을 흐르는 도로는 경사지라 가파르고, 폭은 좁으며, 등교시간에는 많은 학생들이 지나가는 길이다. 아름다운 연산홍을 보는 즐거운 마음보다 어떻게 하면 학생들이 안전하게 대학 캠퍼스를 오고 갈 수 있을까를 생각한다.

대학 캠퍼스 내에는 차량이 많고, 차가 지나다니는 도로 위를 걷는 학생들도 많다. 학생들이나 교직원들이 안전이 보장된 캠퍼스에서 편안한 하루를 보낼 수 있으면 좋겠다. 장전동 캠퍼스가 경사 있는 금정산 자락에 있다 하더라도, 최우선적으로 안전이 보장될 수 있는 대책이 필요할 것 같다. 자동차의 경적 소리보다 학생들의 이야기 소리가 캠퍼스를 덮는 날이 올 수 있기를, 그리고 대학 구성원들이 여유롭게 교정을 걷는 모습을 볼 수 있기를 기대해 본다.

제2사범관

부산대학교 장전동 캠퍼스의 맨 위쪽에 제2사범관이 있다. 이 건물 뒤에는 부산의 명산인 금정산 산성마을로 가는 찻길이 있으며, 많은 차들이 산성마을로 오고 간다. 제2사범관 앞에도 어김없이 봄을 알리는 철쭉꽃이 피었다. 경사진 길가에 마련된 화단을 따라 예쁘게 꽃을 피웠다.

건물 앞 빈 공간에 십여 대 남짓 승용차를 주차할 수 있는 공간이 있다. 정문에서 이곳까지 걸어서 올라오기에는 숨 가쁜 곳이다. 금정산에 오른다고 생각하고, 대학 캠퍼스 내의 길가에 핀 꽃들을 보면서 이 건물까지 걸어온다면 그런대로 좋을 테지만, 바삐 걸어서 와야 된다면 등에서 땀이 날 정도로 경사가 심하다.

건물의 1층에는 영어교육과, 2층에는 불어교육과와 독어교육과, 3층에는 국어교육과 교수님들의 연구실이 있다. 1층에서 2층으로 2층에서 3층으로 오르는 복도의 둥근 모습은 그런대로 아름답다.

제2사범관 건물의 복도는 넓고 화장실도 깨끗하지만 교수님들

봄날에 만난

의 연구실은 너무 좁은 편이다. 연구실 문을 열고 들어서면 무척 좁은 느낌이 든다. 연구실 폭도 좁은 것 같고, 길이도 짧은 것 같으며, 벽에 칠해진 페인트 색도 변색이 된 듯하다. 대학에 있는 건물들은 모두 건물을 지을 당시의 국립학교설치령에 따라 지어졌겠지만, 한 대학 안에서도 지어진 년도에 따라서 교수 연구실의 면적이 제각각 다른 것은 이해가 잘 되지 않는다. 제2사범관은 1986년에 지었으니, 30년이 다 된 건물이다. 교수님들의 연구 능력 향상을 위해 하루바삐 연구실의 환경 개선이 필요한 곳이라는 생각이 들었다.

대학에서 가장 중요한 곳은 교수님의 연구실이다. 이곳에서 학생을 위한 교육을 어떻게 할 것이지를 고민하고, 좋은 연구 결과를 내기 위해 밤늦게까지 학생들과 토의하는 곳이다. 교수님들은 가장 많은 시간을 교수 연구실에서 보낸다. 연구실의 분위기에 따라 연구 성과가 다르게 나올 수 있다.

가끔 교수 연구실의 환경이 그렇게 좋지 않은 것을 볼 때면 가슴이 아프다. 우선적으로 모든 교수 연구실의 환경이 최고가 되면 좋겠다는 바람을 가져본다. 자긍심과 품격이 묻어나는 연구실은 그것 자체가 밝은 미래인 것이다.

봄날에 만난

대운동장

1994년에 만들어진 대운동장은 부산에서 아시안게임이 열렸던 2002년도에 지금처럼 우레탄이 깔린 운동장이 되었다. 400미터 트랙이 8개 있으며, 붉은색과 파란색이 조화롭다. 붉은색 트랙 위에 그어져 있는 흰색의 줄도 아름다움을 더해주는 데 한몫을 한다. 운동장 위 스탠드에서 내려다보면 아름다운 색의 조화를 쉽게 알 수 있다. 비록 관중석의 콘크리트 색을 보면 안타깝기는 하지만 말이다. 운동장의 트랙을 따라서 돌 때 운동화 밑창에서 전해져 오는 쿠션이 상당히 좋다. 운동장 한가운데에서 공을 찰 때에도 넘어져 다칠 염려가 적다.

대운동장은 주위를 감싸고 있는 금정산이 있어 더욱 아름답다. 산에 서 있는 나무들의 푸른색과 예쁜 색의 우레탄이 깔려 있는 운동장은 그 색깔이 잘 어울린다. 다만, 우레탄이 깔린 운동장이 공기와 호흡을 할 수 없어 많이 갑갑하겠다는 생각이 든다.

필자도 대운동장에 우레탄이 깔리기 전에는 조깅을 열심히 한 적이 있었다. 불어오는 바람에 먼지가 일어 입과 눈으로 들어오기도 했다. 그러나 우레탄이 깔린 후, 우레탄에서 나오는 냄새가 싫어 조깅하고자 하는 마음이 약해졌다. 운동장에 깔린 우레탄에서 우리 몸에 해를 끼치는 환경호르몬이 나오는 것은 아닌지 의심이 들기도 했다.

혹시라도 우레탄이 깔린 운동장을 보수할 기회가 있으면, 환경호르몬이 나지 않는 것으로 바꾸면 좋겠다. 그리고 우레탄 밑으로도 공기가 잘 통할 수 있도록 해서, 튼튼한 운동장이 될 수 있게 하면 좋겠다.

대운동장의 스텐드에서 대학 캠퍼스를 내려다본다. 숲과 건물이 잘 어우러져 있는 듯하다. 멀리 장전동 지하철역 방향으로 가는 지하철도 보인다. 대운동장은 높은 곳에 위치해 있기에 내려다보는 전망이 좋다.

대운동장은 현재 운동장으로서의 기능만을 가지고 있는 평면이지만, 언젠가는 유용하게 사용될 수 있는 공간이 될 것이다. 평면의 사용에서 입체적인 공간으로 활용의 폭이 넓어지는 것이다. 국내 몇몇 대학이나 일본 도쿄대학교에서는 학생들의 편의시설과 스포츠에 필요한 시설을 운동장 밑에 건설한 사례가 많다. 이러한 좋은 사례들을 종합적으로 검토하여 대운동장이 새로운 교육의 공간으로 태어나야 할 것이다. 노자는 도덕경에서 상선약수(上善若水)라 하여 최고의 선(善)은 물과 같다고 하였다. 물은 만물을 이롭게 하면서 서로 다투는 법이 없고 뭇사람들이 싫어하는 낮은 곳으로 향한다고 하여 가장 도(道)에 가깝다고 하였다. 인간에게서 운동장은 물이 가득한 넓은 바다이다. 구성원 모두가 함께 어울리는 가치로운 공간으로 거듭날 수 있도록 환경을 개선해야 하겠다.

에 필 로 그

부산대학교 캠퍼스는 자연이 우리에게 준 멋진 산과 바위, 그리고 아름다운 꽃들과 소나무들로 메워져 있었다. 사진 속에 비친 모습은 자연의 한 순간일 뿐, 자연의 흐름을 보이는 것은 아니다. 사진 속의 모습이 아름답다고 해서 반드시 그곳에서 생활하는 사람들의 실제 삶이 아름다운 것은 아니다. 오히려 멈추어진 상태를 찍은 사진은 자연의 흐름을 이해하는 데 방해가 될 수도 있다. 즉, 한시도 멈춤 없이 흘러가는 것에서 일순간을 찍은 것이 아름답다고 해서, 자연의 흐름이 모두 아름다운 것은 아닐 것이다. 캠퍼스 내 아름다운 모습을 찍을 때의 마음은 보다 아름다운 모습을 사진에 담고자 하는 마음이 있기 때문에, 오히려 사진 속에 다 담을 수 없는 것을 찾으려는 노력이 더 필요할지도 모른다.

봄날에 만난 꽃을 품고 있는 캠퍼스의 모습은 아름다웠으며, 자연이 우리에게 주는 화려함은 끝이 없다는 것을 느꼈다. 계절이 바뀔 때마다 우리에게 주는 혜택이 너무나 많다는 것도 깨달을 수 있었다.

봄날에 만난

이러한 느낌을 받았을 때 우리는 그냥 가만히 있어야만 할까? 자연이 우리에 주는 아름다움에 기대어 서 있을 수만은 없지 않을까?

대학의 아름다움을 '캠퍼스가 주는 아름다움'과 '봄에 피는 예쁜 꽃'에서만 찾을 수는 없다. 내면의 아름다움, 대학에 근무하는 교직원들의 자존심, 대학에 다니는 학생들의 자긍심 등이 우러나올 때, 진정한 대학의 아름다움은 빛을 발할 것이다.

대학을 거닐며, 대학에 대하여 옛날에 가졌던 자긍심의 크기가 많이 줄어들었음을 느꼈다. 웅크리고 펴지 못하는 마음에서 앞으로 나아가기 위해서는 어떻게 해야 하는가를 자문해보기도 했다. 자신감을 찾기 위해서, 자신에게 자신감을 불어넣기 위해서 어떻게 해야 할까? 하늘을 나는 독수리의 자신감에 차 있는 눈빛을 가질 수 있도록 하기 위해서는 어떻게 해야 할까?

바깥의 화려함보다 내실을 기할 때인 것 같다. 처음 시작하는 마음으로 해야겠다. 윤인구 초대 총장께서 아무것도 없는 이곳에 위대한 대학을 일구어내려 하셨던 그 마음으로 한다면 무엇이든 할 수 있을 것이다. 위축될 필요도 없다. 우리들에게는 많은 동문들이 있고, 현재 대학에는 역량 있는 교수님들도 많다. 능력을 개발한다면 우수한 학생이 될 사람들도 우리에겐 있다.

대학의 구성원 누구에게도 자포자기하는 마음이 생기지 않도록 해야 한다.

마음을 일으키고, 뜻을 세우고, 뜻이 이루어질 수 있도록 서로를 격려해준다면, 이렇게 아름다운 대학 캠퍼스와 함께 우뚝 솟아날 수 있을 것이다. 높이 날고 싶어 하는 독수리탑의 독수리와 같이 강인한 용기를 가지고, 금정산의 정기를 받아 세계로 나아가는 대학이 될 수 있을 것이다.

이렇게 될 때, 대학의 교정에 피어나는 아름다운 꽃들과 함께, 봄날 비온 뒤에 솟아나는 죽순처럼 아무런 어려움 없이 이 세상에서 가장 높은 대학이 될 수 있을 것이다.

봄날에 핀 아름다운 꽃들을 캠퍼스 이곳저곳에서 만나며, 장전동 캠퍼스는 정말 아름답다는 것을 새삼 느낄 수 있었다. 그 옛날 학생으로서 대학을 다닐 때와 비교할 수 없을 정도로 더 멋진 아름다움이 가슴 깊이 전해져왔다. 이와 더불어, 밤에 켜져 있는 교수님과 학생들의 연구실 불빛은 낮 동안에 볼 수 있었던 꽃들보다 훨씬 아름답게 느껴졌다. 더 나은 '봄날에 만난 아름다운 캠퍼스'는 우리의 관심과 배려를 통해 새롭게 만들어질 수 있을 것이라 염원해본다.

봄날에 만난